潇水清清

永水流流

田日曰 ———

著

北京日报出版社

图书在版编目（CIP）数据

潇水清清永水流 / 田日曰著. --北京：北京日报
出版社，2018.11

ISBN 978-7-5477-3066-9

Ⅰ.①潇… Ⅱ.①田… Ⅲ.①散文集-中国-当代
②诗集-中国-当代 Ⅳ.①I217.2

中国版本图书馆 CIP 数据核字（2018）第 173106 号

潇水清清永水流

出版发行：北京日报出版社

地　　址：北京市东城区东单三条 8–16 号东方广场东配楼四层

邮　　编：100005

电　　话：发行部：（010）65255876

　　　　　总编室：（010）65252135

印　　刷：成都勤德印务有限公司

经　　销：各地新华书店

版　　次：2018 年 11 月第 1 版

印　　次：2018 年 11 月第 1 次印刷

开　　本：880 毫米×1230 毫米　　1/32

印　　张：7

字　　数：140 千字

定　　价：38.00 元

目录 CONTENTS

序

刘忠华

一

　　田日曰君，与我有 30 多年的兄弟情谊。1984 年 9 月，
我们一同踏入湖南道县师范学校校门，被编入同一班级，濂
溪河畔同学三年；我们又同时爱好文学，他领头创办了班级
文学社并主编油印的文学刊物《含羞草》，而我在学校团委
宣传部任职，协办学校文学社社刊《濂溪》。

　　青春是好玩的，文学也是好玩的。我们把青春年少时
写下的文字变成了文学与梦想。更令人称奇的是，田日曰
君在玩文学之余，还尝试着作词、作曲，而且还在刊物上
正式发表了，当时在学校里影响不小。因为喜爱音乐，中
师毕业时他被分配到了都庞岭下、濂溪故里的清塘中学任
教。他拿到毕业分配报到单的第一天就去了那里，然后回
到县城对我们说，那里山清水秀，充满诗意，是一个搞文
学创作的好地方。听到他这一番免费广告，我一时心动，
当即决定放弃教育局已经开好的让我到县城一小报到上班

的报到单，也要求到去清塘中学工作。经过努力，愿望终于实现。

在有称濂溪之源的都庞岭的山麓，我们共事两年多，他教音乐课，我教语文课。刚参加工作，工资不高，应该说在物质上我们是相对贫困的，但我们的精神生活却非常丰富。周末，我们与同时分到那里任教的另外几个青年教师，骑着自行车到学生家里去家访。我们走遍了都庞岭下的村庄，踏遍了那里的山山水水，为乡村基础教育洒下了自己的汗水、热血和青春，也写下了不少动人的文字。尤其是离学校五里路远的月岩，传说是理学鼻祖周敦颐少时打柴、读书、悟道之处，更是吸引我们经常去里面走一走，看一看，揣摩地学着周老先生的样子在里面打坐，观月，悟道。

按规定，中师毕业到中学任教，学历不是合格的。1988年春天，我们同时报考了大专函授中文专业，并且都考上了。那年夏天，我们同时进入零陵师专中文系就读。因此，我们的友谊并没有因为他在1989年深秋调至双牌工作而中断。相反，因为数年的兄弟情谊，他女儿出生后，还认我为干爸，从此，注定了我们之间一辈子的兄弟情缘。

他离开清塘不到一年，我也被调到县城学校任教。此后虽因为家庭、为学业、为事业各自奔忙，但每一年，我们还是能相聚数次，饮酒、叙旧、谈生活与工作，也谈我们少时的文学梦。这种交往，在2000年8月我调入到我俩曾经就读过的零陵师专中文系工作之后，更加亲近和密切。零陵与双牌，空间上相距不到30公里，开车只需30来分钟。

2018 年春天，我们在一起聊到我准备出一本诗集，他想了想，说也要将多年来零零散散所写的部分作品归集起来出一本文集。我说好啊，我们又一起出书吧。我让他把文稿整理编目之后发给我，我来联系出版事宜。谁知，他提出让我为他这本书写"序"。

我陷入了两难境地。写吧，我的水平只有那么高，名气也只有那么大——教授、图书馆长、市作协主席，都是副的；不写吧，又对不住这 30 多年的兄弟情谊。呃。

不过，我还是爽快地答应下来：写。而且一定要认真写好。

二

翻阅《潇水清清永水流》这部书稿，我最大的感受就是：看似信手拈来的书写日常事物的诗文，语言质朴，却情致温润；平淡的叙述中，充满了人生的况味和智慧。

田日曰君非专业的作家，没有太多完整的时间坐下来闭门写作。他自从道县调到双牌后，先后在县里不同的单位和乡镇工作，绝大部分时间是奔走于双牌大地的各个乡村和山山水水之间，忙于公务。在一起茶叙时，他曾经跟我说，依然留恋和美慕在学校当老师那种境界，可以是一介书生，一天大部分时间可以坐在书房里专心阅读和写作。我知道，那是他文学的初心没忘，诗意的情怀还在。繁忙的工作和琐碎的事务，并没妨碍他对文学的守望和挚爱。这本集子里的诗文，大多是他利用业余时间，因人因事因时因地有感而发，质朴、率真，不矫揉造作，也不装腔作势。因此，在我看来，这些诗文如他的为人一样，诚实而可靠。

文集中不少篇什是抒写乡情和亲情的：如《故乡行吟》《回家的路原本不远》《207国道改建抒怀》《我的纪念——读表弟博文〈纪念母亲〉》《陪您一起读〈娘〉》《磨难童年》《向母亲致歉》《"剁椒鱼"伴我去欧洲》等；也有写民族情时代情的：如《关于上梧江民族学校主力教学楼的记忆》《读〈教师辞职开粉店〉偶感》《不可或缺的磨难历练》《瑶族婚俗拾趣》《瑶山围山捕猎记》《神圣的瑶家火塘》《两样的风景》《在柳子湖读诗》等；还有描写潇水和永水河畔醉人美景与动人故事的：如《爷爷的上梧江》《有庳国里说象王》《又见阳明杜鹃红》《舜德岩的传说》《探寻狮子塘》《斯渡与她的行走坦田》《桐子坳》等。这些诗文都不是太长，但大多直抒胸臆，以小见大，小篇什中有大情怀。

"一条路

蜿蜒爬过高耸入云的螺蛳岭

像一根长长的腰帕

从山这边搭过山那边……"

——《207国道改建抒怀》

委实说，207国道双牌到道县段，我与他一样，都来回走了很多次。但我从来没有想过要为它写一首诗——因为它太过于普通。但田日日君写出来了，而且写得很形象："像一根长长的腰帕/从山这边搭过山那边"，也很动人："这头，有我安身养命的家/那头，是难离难舍的故土/我疲惫地往来于山这头、山那头/奔波在我生命攸关的两个女人间/家中，是相濡与沫的妻/故乡，有生我养我的娘亲"。有时候，诗歌真的不需华丽辞藻的堆砌，甚至也不要太多什么技巧，就这么自然、朴实，让人读后感到熟悉而温暖。

"友人说，上梧江的'梧'

是我的木头我的排

是说岸边某家小卖店的瑶妹子

倚门凝望爷爷放流的木排漂近

一个招手

早把爷爷的心勾住

拴排的缆索还没打好结

爷爷已跃身在岸上……"

——《爷爷的上梧江》

诗歌的画面感极强，倚门而望的瑶家女子，心急火燎、急不可待跃身上岸的爷爷，他们之间的牵挂与隐藏在内心深处的情爱，像潇水一样热烈而奔放。你完全可以想象：潇湘夜雨，轻轻摇动的木排以及它的故事，就如雨雾中的潇水一样，朦胧而富有诗意。

《磨难童年》《向母亲致歉》等亦写得有情有致；在对往事的回忆中，弥漫其间的浓浓亲情，总在感染着读者、熏陶着读者。在《磨难童年》中，作者回忆了童年时代三件难忘的事："记忆之一：无意之中被鸟铳伤及双脚""记忆之二：挖蚯蚓时被掛耙挖了脑壳""记忆之三：学游泳溺水险些送了命"，看起来这些都是"小事"，乡村少年或多或少都经历过——我小时候，和哥哥挖蚯蚓时也差点被掛耙挖了脑壳；在学校附近的水塘里野泳时也差点被淹死。但是，说实话，我没有田日日兄这种有关生命、亲情和幸福的感悟："我只是觉得，它们让我深切地体会到了生命的脆弱、亲情的可贵、幸福的含义甚至人生真正的意义，""最起码，让我在从那以后乃至从今往后的日子里，变得越来越刚强、越来越豁达和懂得知足。"看来，世事非深入体察者，不会有非同常人的体验与发现。从这个角度看，田日日兄的文章有其独特的价值。

在《我的纪念——读表弟博文〈纪念母亲〉》中，借表弟的文章来表达对姨娘的追思，同时也表达了对已归天堂的父亲母亲的怀念。彭学明先生的长篇散文《娘》，是我推荐给田日日兄的。没有想到，他竟一次性买了 35 本赠送给他单位的同事及家属一起读，并且写下了有情思、有理据的读后感《陪你一起读〈娘〉》，借此表达"我一直很后悔没能给予父母足够多的感恩回报"的自责和懊悔。《向母亲致歉》一文反其道而行，从"我对母亲的'顶撞'"和"女儿对我的一次'顶撞'"中，感悟到这些无意中的"顶撞""对母亲的伤害有多大！""对母亲的唠叨，尽管在自以为长大成人的儿女们看来，总觉得这爱是多余的，难以接受的，其实呢，是我们不懂得母亲啊。"在这种痛彻的反思中，"我分明感到，它就像是一支痛心的利箭，刺在我们每一个为人儿女的人的心上。我们常常口口声声说敬爱母亲，可是，又有谁真正知道怎样敬爱自己的母亲呢？"因此，"母亲，我向您致歉。"田日曰君是一个孝子。虽说自古忠孝两难全，但他在工作之余，常在周末翻山越岭带着孩子从外地回到老家看望和陪伴亲人，帮母亲擦身、洗脸、剪干净脚手指（趾）甲，尽到了一个儿子的孝道，其行堪为表率，其情尤其感人。可他仍然"心念至亲却愧欠"，于是写下了"母亲，我向您致歉"这样深情的文字。可见，他对于亲情的感念和抒写，弥漫了他的心间和诗文。

他尊崇作品来源生活，文思源于感悟；与空洞说教和无病呻吟无关。在《只因为她不是你的菜》中，他写到，"我家也有女儿和儿子到了或接近谈婚论嫁的季节。与他们交流人生体会时，我没有忘记告诉他们"，"每个人都有你自己的一棵菜，你又何必去强求本不属于你的那个伊？毕竟，真正完美的神圣的爱情，不是靠施舍获得的，如同要想在比武的擂台上立身，必须秀出你健壮的肌肉。'花若盛开，芬芳自来'；'你若芬芳，蝴蝶自来'。"记得他曾笑着说，相对于工作和写文章，对自己俩孩子的引导和培养，是他大半辈子更满意的"作品"。

唐代的白居易曾提出"文章合为时而著，歌诗合为事而作"的主张。"文章合为时而著"既是古训，又是历代文人富于历史使命感的一种集中概括。"为时而著"，对于读书人而言，它意味着自己对时代的一种关注，对现实社会的一种关切，对改造社会、促进社会进步的一种责任和使命。作为一个读书人和充满人文情怀的仕途中人，田日曰君时时关注着周遭世界，倾听时代的足音，呼吸时代的空气，把握时代的脉搏，善于从小事中发现其时代意义，并发出振聋发聩的慨叹。《两样的风景》中写道："而这次（飞机上）的偶遇偶见和所思所感，则让我从另一个侧面体悟到了（波兰）这个国家为什么仍能从屈辱和灭亡中重新走向强大。"进而"反观我们的国人，特别是年轻一代，'手机控''游戏迷'，严重的程度已几成病态，……百十人齐刷刷低头捧着手机的景象，这与波兰友人书不离身、书不离手这样的美景，实在是差之十里百里了。"在《我们也有风花雪月》中，他发出了"近年来不少媒体急功近利、甚嚣其上的过度娱乐化，他们渲染的所谓'艺术'形式和传播内容，快餐式地成就了几个所谓的明星，却挤占了正面引导的'空间'、旁落了优秀的传统文化和经典艺术，更是误导和贻害了一代甚至几代孩子"这样的抨击。这种对于时代和国人的忧思，表达了田日日君作为一名知识型从政者伤时忧民的情怀，这一点在当下尤为难能可贵。

　　为人作序是一件费力不讨好的事情。文集中的文章不可能一一点评到，而且有些解读可能存在误读。好在文集作者与作序者大多是熟人、好友。我也不例外。因此，不揣冒昧，写下这篇短文，聊以为序。

2018 年 10 月 7 日于零陵古城

　　（刘忠华，诗人，评论家，教育学者。现供职于湖南省内某省属高校）

故乡城事

二十岁刚出头就离开故乡道县，到了外地工作。

虽说每年或省亲，或祭祖扫墓，都会带着妻小回去一次两次，甚至更多，但无论怎样，呆在故乡的时日，终究是短暂的。当然，故乡从来不曾在心中淡忘过，而且，随着岁月向老，故乡之情，总会愈来愈浓烈。如金代诗人刘著《鹧鸪天·雪照山城玉指寒》诗中

所云，"江南几度梅花发，人在天涯鬓已斑。"而我在自己拙诗《故乡行吟》里写下的则是"童伴笑我乡语改，鬓白哪还及发青？"我想，这样的情形，这般的感受，对于每一位远离故土的游子来说，大致相同。

不管城市，还是乡村，故乡的变化之大，看得见摸得着，但无法一一细数。

今年七月底，我去到云南昆明，一场饭局的席间，巧遇一位多年前在道县生活过一段时间的福建商人洪先生，他甚至还记得自己曾在道县汽车站出口右边的国营旅社住过一个多礼拜，说旅社斜对面就是原来的道江镇粮站，云云。我告诉他，那是过去县城最繁华的地段，叫潇水中路，现在早已变得面目全非了，但繁华之景不仅不逊当年，且只有过之而无不及。不过，当年街上时不时有一伙身穿喇叭裤和花衬衫的小青年跟另一伙为了些鸡毛蒜皮之事打架斗殴的场景，现在肯定看不到了。

我在二中读中学时，道县县城大致就是潇水路从北到南一条街。北到道县一中门口的寇公街，南到纺织厂门口的小江口。连通这条路上的东西向的街道，出奇地短，短到简直不能称作是一条街道。虽然那时车少，但每天一到上午九点以后下午五点以前，潇水路上总会被挤得一团糟。小偷小扒者自然也就有了下手的机会，尽管那时大家身上都不会有多少钱。

清早是安静的。可城市的安静也安静得跟乡下不一样，因为，城里一大早就有了叫卖声。"油炸粑粑麻圆泡，味道好得很"，担着箩筐走巷卖早点的人，一路叫唤的声音充满诱惑，可我一个穷学生，每个月的零花钱少得可怜，哪里舍得买呢？

"我先走了吼","到寡婆凉亭后,边歇气边等你们"。

"好的,我们也马上走了","你边走边等,我们走快点追到你就是"。

这样的对话,是道县人都听得懂。

何为"寡婆凉亭"?相传,好多好多年以前,有户人家家运不好,孩子出生后一个个夭折了,没几年,丈夫也因一场大病先她而去,留下这家的女人一人守寡。家里又穷,无以为生。同村人甚至娘家人也认为她命硬,克子克夫,都不愿挨近她。她只好到城里白天乞讨为生,在南门郊外去往五洲的路边搭了个窝棚,晚上就在棚子里打个盹。年复一年,她将乞讨时一毫一毫攒下的钱,请人盖了一座给进城和出城的路人躲雨歇凉的凉亭,期盼用多做善事来为自己赎清"罪孽",以图来世过上好日子。据说,这便是"寡婆凉亭"的来历。

久而久之,"寡婆凉亭"竟然固化成了县城南郊去往祥林铺鬼崽岭和江华、江永与贺州八步的 207 国道边上的一个旧地名。跟县城北郊,道县人北上市府、省城和与 207 国道分道、经 323 省道西去寿雁和东升机械厂、跃进机械厂以及桂林、全州、灌阳的必经之地"拖拉机站";还跟县城东郊,从道县至宁远的 323 省道分岔去往蚣坝和湘源温泉的岔路口——-道县籍女作家奉荣梅笔下的"零公里"一样,它们早已成了道州人心中抹灭不去、万人皆知的地理坐标。甚至可以说,她们犹如从不同方向进出道州城的"城门",

往内是城里，往外是乡下。

可如今不一样了。比潇水路宽得多的道州南路、道州中路、道州北路，南延到道贺高速与厦蓉高速交叉形成的道州高速出口，北延到富塘的最北端。过去城郊以外的"寡婆凉亭""拖拉机站"，现今都早已包融在城市之内了。加上其他东西向、南北向纵横交错的街道，结成互联互通的网格。人多，车多，路宽，所以路畅；楼高，灯亮，树绿，所以景美。故乡的城，已完全不是原来的城了。城市扩容了，高速路口、汽车北站、火车站广场等地名，成了道县人描述自己城市的新地标。潇水河上，东风大桥还在，浮桥还在，但是，潇水二桥有了，三桥也快有了，听说四桥也有了规划。红军墙还在，西洲公园还在，但是，公园便民的配套设施焕然一新，真正成了市民们喜爱的城市公园。特别是理学鼻祖周敦颐的铜像，矗立在爱莲广场上，让生活在这座城市的人们，更加充满自信。

"麻辣螺蛳，卤鸡蛋，味道好得很"。

昨天，我又回到故乡。晚餐与同学喝酒喝高了，今天一大早，虽然被一阵熟悉的叫卖声从睡梦中唤醒，但依然觉得格外亲切。起身来到窗前，将窗推开，晨风袭来，我仿佛闻到了这个城市沁脾的芳香。

"借"来"借"去的乡情

"借"字的本意，《辞海》中解释，是"暂时使用别人的物品或金钱"。因为"物品或金钱"是别人所有，允你"暂时使用"，是需要及时归还原主的，所以，又才有"有借有还，再借不难"之语。

其实，因为过去物质极度缺乏、财富有限，人们为了维持自身生存和社会运行，相互周转和调剂使用这点有限的物质和财富，使其功效最大化，是一种抱团取暖的方式。我以为，这恰是人类之亲善和聪明所在，是一种苦涩的温情。

小时候在老家，不管是干农活的劳动工具还是家庭日用的生活用品，自己家没有时，都时不时要开口向有那物什的人家去求借。如果碰巧人家正用着，就得继续往另外一家去借，依次还借不到，就得排队等着。借来的东西，往往十分爱惜，生怕不小心弄坏，不能"完璧归赵"，下次就不好意思再借人家的用了。向别人借的东西，更会赶工使用，以便及时归还原主，因为，也许还有另外一家，也等着借用呢。

记得奶奶曾说过这样一句话，叫做"皇天老子也会缺个乌鸡蛋"。意思是说，谁都难以做到万事不求人。所以，在那时，相互之间借用物什，甚至借钱借米，都是很正常的事。哪怕是互相产生过一点隔阂和小矛盾的两户人家，一家主动向另一家开口求借时，总能如愿以偿。或许，正好从此开始，两家人的隔阂就会渐次消除和淡忘。倘若，某户人家经济状况较好，家里的工具和日用品都置办得很齐备，而乡里乡亲却不愿上门去借，说明这户人家不会待人接物，人缘不够好，也是一件不太光彩的事情。

有这样一个故事，相信上了点年纪的人听了都会耳熟。是说有户家里困难却很热情好客还爱面子的人家，某日家里突然来了客人，可是家里连做饭的米都没有了。贤惠的女主人先招呼客人稍事休息，在厨房忙一阵子清洗锅碗瓢盆之类的事，然后拿上一个盛酒的瓦罐出门，说是自家没来得及酿出酒来，先上邻居家去借一壶酒。很快拿着酒罐回来，说是碰巧邻居家也没酒了，只好做饭吃饱肚子算了。其实，是女主人以借酒作说辞，拿着瓦罐向邻居家借米去了。客人看不见瓦罐里的米，主人家掩饰了难言之隐，客人也不再为自己冒然登门而尴尬了。即便是客人意识到了怎么回事，也会佯装不知道的。只是会更加感谢主人的盛情。

乡亲们相互之间借东西，让我记忆最深的是办红白喜事时的那种情形。

那时，在故乡，谁家娶亲嫁女，或者老人过世办丧，都是要办酒的。办酒的规模，与经济状况和谁家三姑六舅八大姨之类的多少都有关。但不管怎样，全村的男女老少都会去，俗称"bei 火吃饭"，意思就是全村的每一户人家都不用生火做饭，都去到办红白喜事的那户人家去帮忙做事，在那吃饭，直到事情办妥。具体谁去帮着做什么，一概听从受托帮主家管事的人吩咐。其实，一个村上的人，谁有什么特长，谁有多大气力，谁更适合做什么，互相都知根知底，安排起来往往都会得心应手。而且，大家都会主动把事情当成分内之事去做，不分什么轻重脏累。我们一班小孩子的事，就是按照大人的分工，去到各家各户去借桌椅板凳和碗筷酒壶酒杯之类。各家各户的桌椅板凳下面都用不同颜色的油漆写上了自家的名字，菜碗饭碗和酒壶酒杯的底部也都用钢锥刻上了自己名字中的某一个字，算是做上了记号，以免与别人家的混淆不清。这摆明了就是等着别人家来借用的呀，谁家没有个大事小事呢？

红白喜事办妥了之后，原来分工负责借东西的人，还会继续负责如数搬上借来的东西归还回去。碗筷和酒杯都是易损物品，数量少了的话，主人家会主动买回新的补齐，谁也不会有什么怨言。

还有一件让我不能忘却的事，是乡亲们互相借猪肉。那时，大家日子都过得很拮据，一年到头难得吃上几餐肉。谁家的猪养大了，可以宰杀了，别的人家会上门去借一两斤回来，让家里的老人孩子开开荤，改善改善一下生活。谁家借了几斤、借的大致是什么部位的猪肉，都会在一个本子上或者主人家房子的木板墙壁上做好标记。待求借的这户人家也宰杀肥猪时，他会主动砍下等量同样部位的猪肉还回去。这样的习俗，是一种不成文的规矩。"做人诚信为本"，这是家里的长辈经常对我们说起过的话，同时，也在这一借一还之类平平常常的事情中，潜移默化地影响着后生晚辈，一代一代往下传。

现如今，寻常百姓也都慢慢过上了宽裕的生活。大多数人家，日常生活用具都无需像过去那样互相借来借去了。但这种人与人之间充满温情的善待和互信，依然在父老乡亲们内心之中禀承和日常交往时自相笃行。

难忘中秋糯粽香

今上午，一朋友从外地归乡，带回并赠送我两饼云南产的野生古树茶，说是祝福中秋。我这才猛然想起，又是一年一度的中秋佳节已临近。

提起中秋节，大家多般都是将其与赏月和品尝月饼联系在一起的。在我儿时的故乡，中秋之夜，绝对是云淡天蓝，皓月当空，月光撒地，积玉堆琼，但是，却少有见到过月饼的。因为那时确实太穷，乡下人肯定是舍不得花钱去买月饼的。只有想方设法拿自己种出来的粮食来变花样。于是，包粽子便成了中秋节必有的习俗。

在故乡，对中秋节包粽子是十分在意，也很有讲究的。

每年，在盘算自家的几亩田土种什么时，父母注定会预留出一块旱涝无忧的稻田出来播种糯谷。不然，到了每年中秋节，别人家的孩子尽享粽子的浓香，而自己家没有，不仅自己的孩子会哭，也许这家孩子的母亲和奶奶会比孩子哭得更伤心。要想包出来的粽子色泽好、味道香、口感好，单有优质的糯米还不行，还得有上好的杆草烧出来的草灰浸泡糯米，还得有红菜豆和少许纯正的生茶油掺和着包进粽子里，还得有无虫孔、不老不嫩的早早晒干备好的竹叶。这些都是母亲或者奶奶每年要做的事情。还不仅仅只有这些，用糯米包好的粽子，还必须要小火慢火掌握着火候，用大铁锅熬制一整夜，熟透了才能吃呀。所以，用来烧火的干柴得要事先准备一大堆。这样的话，今天说出来，大家也许会笑。而在我的故乡，真正意义的山，远在十几里开外，还归别的乡村所有。老家村子后面，被称作山的，其实只是比稻田略高一点点的黄土丘。上面长的多般是茅草丛，没有几棵树。平时用作烧火做饭的、比茅草好不到哪里去的柴火，是农活之余到别的乡村去砍回来的。我的记忆之中，每年队上分给各家各户的几棵松树，以及春天涨洪水时从上游冲下来飘浮在村前潇水河河面上的树枝树兜，被父兄们捞回来，锯断劈开码堆晾干后，都会被整整齐齐地放到伙房楼上熏着，就是以备熬粽子用的。家里大人对中秋节包粽子的重视，可见一斑。

我家里，奶奶几乎是一家之主。

她的一生，吃过太多太多的苦。因为爷爷去世时，不仅还没有我们，父亲也很年幼，小姑姑则是遗腹女。奶奶守寡养大我父亲和我两个姑姑，受到敬重自是当然。我们童年时候，得到奶奶的关爱也是历历在目，但又无法言表。奶奶的善良、贤惠和能干，在故乡也是出了名的。中秋节时，我家包出来的粽子，奶奶岂会比别人家包的逊色？尽管家里不富裕，甚至可以说是捉襟见肘般困难，但是，奶奶每年包的粽子，送一些给姑姑等亲戚之外，还会分送一些给村里的邻居和其他长辈。所以，每年中秋节，我家的糯米粽，奶奶不仅包得好吃，也包得比别家多。她的能干和善良，不仅让我们即便在艰苦的年代依然没有缺少幸福和快乐，还让我们自幼受到感染，懂得要将快乐和幸福与人分享。

"每逢佳节倍思亲"。

我从故乡道县，来到双牌工作二十八年有多。这期间，父亲母亲都在早几年相继去世，特别是奶奶过世时，我调离家乡仅仅半年左右。记得办完奶奶的后事，离 1990 年的大年除夕仅仅三天了。长辈均已不在人世多年，除了同胞的兄弟，我还能遥寄思念给谁呢？每每想起，总是泪目。

这些年，涂鸦的一些文章中，爷爷和父母都有提及，唯独不曾提到过奶奶。也并不是我对奶奶的感情不深，恰恰相反，我对奶奶的感情更深。因为有一次被鸟铳烧伤脚跟的经历，奶奶陪伴我住院治伤大半年。她矮小的身躯、瘦弱的肩膀，不知背着我在病房的过道和县医院的院子里转了多少圈。外出参加工作和结婚生孩子后，我带着襁褓中的女儿回老家时，她抱着女儿从村前到村后，也不知转了多少圈。仅此，也无法回报和偿还。应该说，多年来，我一直都想写几行文字祭奠她，却总是不知从哪着笔。

今又中秋，写下这些关于包粽子习俗的文字，自然而然勾起自己对已逝去二十七年半的奶奶深情的怀念。当年，奶奶亲手包的糯粽，似乎清香犹在口鼻，让人难以忘怀。

（初稿于 2018 年 9 月 20 日）

两样的风景

    2018 年 8 月 25 日下午，我与家人结束年休假，搭乘东
方航空公司 17：55—19：45 由上海浦东国际机场飞往桂林
两江国际机场的航班踏上回家的行程。

    与我一同登机同乘一个航班的，有一群老外，足有四五
十人之多。这些人中，男男女女、有老有少，三个人或者四
个人为一组，看
样子是一家一家
结伴而出的一个
团队。我虽久居
在一山区小县城，
自知称不上见多
识广，但终不至
于以见到老外而
觉得十分稀罕。
可很有感慨的是，

（图/田日日　摄）

飞机起飞后的航行当中，这些老外都纷纷从旅行背包中取出随身携带的书本，几乎清一色地在飞机上安静地看起书来，甚至有其中的两三个小孩。虽然我也爱书，但我却不知有多久没看到这样的情形了，何况是一群外国人，又何况是在飞行中的飞机机舱里。这真是一片十分美丽的风景。我知道，出于礼貌和对他人最起码的尊重，未经得对方允许，是不应该随意对别人拍照的，但我终于还是没能忍住，拿出手机，装着若无其事地偷拍了几张。

在这趟航班中，乘客不下 200 名，除去那些老外，还有国人百余人。放眼望过去，一部分瞌睡养神、一部分聊着天，当然也有几个看书翻杂志的；此外，更多的人则是在用手机或平板看电影，或玩游戏。包括我自己，今次的年假行程中，就压根没曾去想要带一两本书在身边伴读。尽管游览乌镇时，我在茅盾故居买了两本自己喜欢的书，一本金韵琴女士写的《茅盾晚年谈话录》，一本丰子恺先生的《缘之堂随笔》，但在整装行李时，也是把它们打包塞进了大大的行李箱里，同样没曾想要拿一本放在随身的包里，以供有空闲时随手取出读两三页。两相对比，惭愧之至。

我很清楚自己说外语的水平，肯定不敢贸然去与老外们交流。于是，好生央求空姐去帮我打听。得知这些老外来自波兰的一个城市社区，相互之间类似于我们这的一栋楼宇的邻居。也是趁着家里的孩子有假期，结伴出来旅游。他们这趟行程是去往桂林和漓江，所以才与我同乘了一个航班。

波兰，我曾于 2011 年 8 月下旬赴欧洲考察时，去过她的首都华沙和原首都克拉科夫。全国总人口 3900 万左右，国土面积 312685 平方公里，是欧洲中部地区的一个规模较大的国家，历史上也曾算得上是欧洲强国。后来虽然因为外来入侵衰落下去，但自上世纪 90 年代进入波兰第三共和国、提出"建设自由、民主、富裕的新共和国"以来，渐渐重新成为欧洲十分重要的国家。文化艺术、教育科技一直并普遍受到国家和国民的极度重视。肖邦（作曲家、钢琴家）、居里夫人（两获诺贝尔奖女科学家）、哥白尼（现代天文学创始人）、克日什托夫·基耶斯洛夫斯基（世界电影大师）、普偕弥克（著名科学家）、辛波丝卡（诺贝尔奖得主）等名人享誉世界。

特别是二战时，德国侵占波兰大部分领土；苏联则以建立东方防线为由，进攻波兰东部，占领了西乌克兰和西白俄罗斯。最终苏、德两军瓜分了波兰。但是，"国难兴邦"，波兰人坚强反抗，不甘屈服；一直以《波兰没有灭亡》作为自己的国歌，足见这个国家人民坚毅不屈和积极向上的性格。从这个意义上讲，波兰人飞机上读书这一幕的出现，当然也就不难理解了。

我甚至猜想，这是否还与犹太民族多少有些关系呢。

相信很多人对犹太人强烈执着的宗教信仰和长于经商之道都感受深切。其实，这个民族还非常非常重视知识。从孩子一岁半开始，家长就对孩子进行记忆训练，在刚会说话时就教他们读《旧约》；到了三四岁时，他们开始在私塾里面学习，每个孩子刚走进教室都会受到大家热烈鼓掌欢迎，以让他觉得学习是快乐的。据说在每一个犹太人的家里，当孩子刚刚懂事时，母亲就会翻开《圣经》，将几滴蜂蜜洒在上面，然后让孩子去吻《圣经》上的蜂蜜。然后，母亲会告诉孩子，书本是甜的。

欧洲特别是波兰，是犹太人聚居的地方。犹太民族宗教信仰与其他欧洲人笃信基督教产生冲突，加之财富高度聚集之后的为富不仁，让欧洲人普遍排斥犹太人；而犹太民族的卓越，反过来又像标杆一样深深地影响着欧洲人波兰人。这大概也就是平常讲的"羡慕嫉妒恨"吧。特别是德国入侵波兰后，眼见犹太人落地生根般倔强的性格与精神品质，担心对其长期占领构成威胁，才有了对犹太人的屠杀。是不是有这个道理，信不信由你，我反正信了。

（图片来自网络）

　　我当年去往波兰考察时，了解了一些这个国家屈辱的历史；而这次的偶遇偶见和所思所感，则让我从另一个侧面感悟到了这个国家为什么仍能从屈辱和灭亡中重新走向强大。

　　反观我们的国人，特别是年轻一代，"手机控""游戏迷"，严重的程度已几成病态，不能不令人担忧。你无论在什么地方，总能见到百十人齐刷刷低头捧着手机的景像，这与波兰友人书不离身、书不离手这样的美景，实在是差之十里百里了。

回家的路原本不远

题记：写就这篇小文，是因通往老家的通村公路修好了，喜不自禁而作。那时，有"螺蛳岭"之称的 207 国道依然还是崎岖蜿蜒的盘山路。现如今，国道提质改造打通了五个隧道、新架了好几座桥，让过去望而生畏的回家路，变得宽敞平直，而且一路风景如画，美不胜收。那种惬意，你懂的。今年春节回家，一家人在车上聊起了又有规划新修的祁道高速路，女儿高兴地问，是真的吗？

学校毕业参加工作不久，就调离家乡到双牌，弹指间二十年了。虽无"少小离家老大回"之叹，但由于总是太忙，平时也少有回去。往往总要到每年的清明节或春节放假时，才有时间与家人一道回老家看看。

今年春节回老家，心情与往年又多少有些不一样。一是母亲辞世才几个月，一家人趁机要为她上坟，回家的路上，兄弟几个心中因多了对母亲的怀念而略有伤感。二是新修的水泥路宽敞平坦，从主道 207 国道岔路开始，一直舒展着向前延伸，直到老家的村子正中心，孩子们第一次发现小车可以径直开到家门口，不用像往日那样走很远的路了，都高兴得手舞足蹈，特别是正在读大学的 19 岁的爱女莎莎。其实，又何止是孩子们呢，因为这路的平坦和便捷，我等心中固有的伤感与忧郁，仿佛都轻了许多。

想当年，每回去一趟，都觉得回家的路似乎好遥远好遥远。

女儿刚出世的头一两年就不用说了。襁褓中的她，需要专门腾出一个人手去抱她，又有衣物等大包小包的行李，回家途中之艰难，几近无以言表。记得有一次，挤在客车上，一家人都晕车，呕吐得实在受不了，只好中途下车休息。待稍微轻松一点，再买票挤车回家。路上整整耗了一天。即便是她可以走路了，照样感觉不到有多轻松。途中要转两次车，近百公里两个多小时的车程，下车之后又步行 5 公里，再乘船渡过村前的潇水河，才算到了家。光那 5 公里路，为了尽量哄她多走一段，不知要编多少故事来激发她的兴趣，或分散她感到疲劳与枯燥乏味的注意力。尽管如此，当走着走着，快走不动的时候，她就会一个劲地问：满满（注：老家的一种称呼，满叔叔，最小的叔叔的意思）呢？满满在干什么啊？其实，她的意思是：满满怎么还不到半路来接我、来抱我呢。那时，她虽年少，我想，回老家路远难行，留给她的记忆一定是非常深刻的。

1997 年 8 月，父亲不幸患上了不治之症——肺癌。四处求医好些日子，得到医生给出的结论仍是：时日不多了，还是弄点好的给他吃吧。心虽不舍，但过了不久，别无他法，也只好送他回老家。说是静养、休养，其实无可奈何地倒数着日子。之后的那段时间，每周都回家去陪他，尽可能多看他几眼，虽是想着法子骗着他，但我们兄弟们内心的痛楚是可想而知的。也就在这个最艰难无助的时期，屋漏偏遭连夜雨，婚姻发生变故，让我孤独承受这段难熬的日子。那时，女儿才八岁，随我生活。每周周六上午，搭乘两小时车之后，父女俩牵手走这段路；周日下午，回走这段路，然后搭车到单位赶第二天上班。就这样捱过了三个多月，直到父亲去世。已不能确切记得其间有多少个来回了。本来心情已经糟透，所以，越发觉得这路更加漫长。

　　再后来，工作几经变动，人生境遇发生了较大变迁。每次回家也有了车子接送或随行。虽不用搭车了，但那段崎岖的泥泞小路，总还是那么难走，让人想想都不免发愁。车子有好几次深陷泥潭的经历，让人印象深刻。因此，每次回家，还是让人提心吊胆。遇上路不好走，实在无法往前开行时，无奈之下，还只得把车丢搁在半路上，一家人再下车走路回家。

　　今年春节前，三弟很有几分欣喜地打电话来说，老家实施通畅工程，终于修水泥路了，而且还修到了村子正中。我心中的期待和喜悦早已按捺不住，心想，现在回家是什么感觉呢？

果然，开车回去，加之三弟四弟各自开着新买的私家车，一家大小"浩浩荡荡"回老家，不多会儿，车子就轻轻松松开到了家门口。大伙儿裤腿脚上连泥巴都没沾什么，更不用当心车子再被陷住。妻子和弟媳们甚至可以穿上高跟鞋回老家了。儿子女儿和侄儿侄女们怎么不开心开怀呢！尤其是有亲身经历的女儿。

望着眼前平坦笔直的水泥路，我突然发觉，这回家的路原本不远。

（2009 年春节初稿于老家铁夹车村）

惟久惟远

曾在另一篇博文中说自己推崇"永远没有最高处"这句话，意思是说，人对美好生活的追求向往是永无止境的。

比如说我自己。家居一配套较为完善的小区里，与自己往前比或与周围一部分人比，可知足矣。但还是感到美中不足：高居六楼，朋友来访登门爬楼梯多有不便，加之太太有几近洁癖之习，让平日好交朋友的我觉得多少有些不爽。好在自家一楼有一近二十平米的车库，一直没用来泊车。最近，干脆请人将其略作改造装修，辟为茶室。闲暇间，闭门独坐其间、或邀朋友来聚，喝茶、看书、练字、上网、下棋，或乘兴涂鸦几段文字，闲适生活与娱乐兼具，很是惬意。

一日，又有朋友说，墙上需一幅字画点缀，才够称"雅室"。自窃笑。原本陋室，不信仅因一幅字一张画就成雅室了。但，然觉得有墨香、有丹彩更生妙趣。我遂向朋友中有书家之名的唐彦先生去讨宝墨，讨得"惟久惟远"四字。

托人将其裱装，悬挂茶室北墙，并留此博文以记之。

在中国近代佛教界，印光法师绝对称得上是影响最深远的人物之一。他在《十种念佛方法》中，有"十念者，每日清晨，面西，正立合掌，连声称阿弥陀佛；尽一气为一念，如是十气，名为十念。但随气长短，不限佛数多少，唯长唯久，气极为度"这样一段话，其间的"唯长唯久"大概说的是僧人或信徒们净土修行（念经）的要义。我请唐彦先生书赠"惟久惟远"，则是想表达自己另外一种内心感悟。

在茶室，固然首当说茶。中国是茶的原产地，中华民族最早发现、栽培、加工和品饮茶叶，至今已有超过两千年的历史。"柴米油盐酱醋茶"、"寒夜客来茶当酒"，在国人的生活当中，茶不仅仅是解渴的饮料，更是被演绎成一种精致风雅的"（茶）文化"。茶的种类繁多，品质档次价格高低不一，唯香飘久远者，即可算是好茶了。

其二说情感。父母之情，惟能守望他们长命百岁；兄弟姐妹之情，延续着祖辈的生命血脉，哪怕骨头断了都连着筋；同学朋友之情，不在相厮相守，贵在相知、不同而和、和而长久；夫妻之情，不惟轰轰烈烈、荣华富贵，惟能恩爱情长、两相搀扶慢慢变老，或"向天再借五百年"，都嫌时日还少。

也说官场仕途。为官不在位高、不在权重，但在百姓久记众夸，如常所言，"雁过留声，人过留名"。其实，现实生活里，又哪里是每个人都能声名远播、青史留芳的呢？一生一世，少留骂名，足矣。

　　再是说生命。时不时地看到身边一个年纪并不很大，或许前日或前几日还相处在一起的某人，突然某一日倒下了，总会感叹生命真是何其脆弱；而看到很多白发苍苍的老者，很淡然很自由很幸福地活着，于是，终于领悟到，只有健康一生、平安一生，才是快乐人生、幸福人生的最高境界。而这，不就正是我想说的"惟久惟远"了么？

　　我一向以师友相待的建辉先生，在一起茶叙时听了我这番感想后，给我发来一段批注："……所论极是。五者当中，茶香久远最为易得，但需持之以恒；情感久远最为珍贵，必须格外珍惜；官声久远最为难得，只能努力为之；生命久远最为重要，半需仰赖天命；佛心久远亦易亦难，务须心中有佛。"我诵读数遍，细细玩味，颇觉经典，连连称妙。遂将其抄来用作拙文的结尾，我以为正好。

福兮？祸兮？

最近，无意间上网看了凤凰视频播发的关于位列中国"四大地主"（刘文彩、周扒皮、南霸天、黄世仁）之首的四川地主刘文彩的一段视频。因为受访者系刘文彩的后人，言谈间的不少观点自然会有很大局限性，包括受访者对其先人的溢美之词，某都不敢苟同。不过，其间提到的一件事，闭目想想，倒也觉得耐人寻味。

话说 1941 年，刘文彩为了腾出一块地来修建文彩中学（现安仁中学），制定了一个笼络人心的搬迁办法：以自己的两亩地去置换别人的一亩地，以自己的两间房去置换别人的一间房。其中涉及一户叫陈启贤的十亩地，按说，顶多拿二十亩地去换就可以了，可是，刘文彩家当时剩下最小的一张地契也是四十亩了，他心血来潮，干脆就把那地契上的四十亩地一起送给了陈家。

这陈启贤家满心欢喜的心情可想而知，他家原本是自耕农，家境并不富裕，但因为有了这四十亩地，自己种不了，每年种的粮食也吃不完。在十多年之后的"土改"中，陈家够上了"雇长工种地、租地给穷人种用来收租"等定性"地主"的条件，自然也就被划成了地主。在那个讲"成分"的年代，遭批斗的情形可想而知。这便是俗话所说的人生如戏了。当初，谁又能想到，刘文彩一时的"慷慨"，竟会在日后殃及他人呢？不知道陈启贤的后人现如今还在不在那居住。若在，某次有机会去大邑刘氏庄园博物馆参观时，倘能面对面交流，也许会别有一番感受。

无独有偶。再说1928年，已大权在握的蒋介石回家乡奉化溪口扩建祖居丰镐房。为此，蒋介石命人特地在溪口上街新造了房舍，动员原住在丰镐房周围的族人迁居。按原设想，祖居扩建需迁走丰镐房附近的26户人家，而实际上仅迁走了25户，仍剩下旁边的周顺房一户没有动迁。尽管地方官员、乡绅以及族人们轮番做了许多劝说与调解，甚至软硬兼施、威胁利诱，但这周顺房一户态度强硬，并不礼让搬家，刻意要做个"钉子户"。

这周顺房是何许人？原来，他与蒋介石是一起玩着长大的儿时伙伴，彼此间常以奶名甚至外号相称，所以，他并没把蒋介石看成什么神圣不可侵犯的大人物。得知要他搬迁的消息后，他曾放出一些风凉话，说："瑞元（蒋介石的小名）当"皇帝"了，他来让我搬，我不得不搬……"意思是要让蒋介石亲自登门来说句话才会搬。话传到蒋介石耳里，蒋沉思片刻后叹了口气，说："迁不迁由他去吧。"

周顺房没迁，而丰镐房也还得按蒋介石的意图照建，于是，奉化溪口镇的三里长街上，扩建之后的丰镐房不得已凹进去了一角。

蒋介石当时并没有立刻拿周顺房怎样对待，但你可以想象，周顺房一家怎可能平静得了呢？他虽然效仿德国波茨坦那位磨坊主，像他跟有"日耳曼拿破仑"之称的威廉一世较劲那般，跟蒋介石较了一番劲，而且貌似是搞事搞赢了，但他更生怕因此给自己和家人招来横祸，可以说是从此过上了忐忑不安、小心谨慎的日子。好在世事无常，蒋介石很快退居台湾，特别是新中国成立后，周顺房甚至成了不畏天子权臣的典型。

去年盛夏，几个朋友借道去了一趟溪口，听到那里每一个导游都在很卖劲地演绎这个八卦故事。还煞有介事地搬出了一些所谓"风水大师"的说法来渲染，说东南属青龙，是重要的位置，就是这个位置被占破坏了蒋家老宅的风水，导致了蒋家王朝在大陆的溃败。然后又说，也幸亏被事先占了个东南角，国民党政权才能退逃台湾，在中国版图的东南一角偏安一隅……云云，试图要从"风水"的角度找出王朝兴衰更迭的缘由。这样的

故事，游客们是不是信以为真恐很难说。大家多般都是且行且听。游玩的队伍中也不时发出阵阵开心的笑声。

一家开在原周顺房家的千层饼店干脆打起了新的商业牌号"蒋氏邻居——周顺房千层饼店"，显然是把当年那让蒋介石无可奈何的往事当成一个历史性的卖点，以此招徕慕名而来的游客。同行的一小弟特意到周顺房饼店买了些香芋饼，分给大伙品尝。大家还都觉得那饼格外可口酥香。

由是看来，这世间诸事，还真是福祸两相连的。

（初稿于 2011 年 6 月）

有庫国里说象王

明道州太守王会有诗《过庫亭》云："有庫数千载，人犹说象王。江村存庙貌，野老共烝尝。傲德应非古，神明合有常。绾符淹旧国，瞻拜几徜徉。"这诗里所说的"有庫"是指古道州北、古有庫亭所在地今双牌县江村镇一带（故今常以"有庫故国"代称双牌）；"象王"指的是远古时中华文明始祖之一的虞舜（舜帝）的弟弟象。

要说起象，必先说到舜。

舜帝是中华民族由五帝（黄帝、颛顼、帝喾、尧帝、舜帝并称五帝）时代向夏商周三代过渡的历史转折时期的一位圣君，以贤德孝行著称。《尚书·舜典》有载："德自舜明"。

他力行教化。传说，舜帝也是凡人出生。他本姓姚，名

重华，字都君，约公元前 2277 年生于诸冯姚墟（一说在今山东诸城市万家庄诸冯，一说在山西运城永济市的诸冯），约公元前 2178 年卒于零陵（今永州）。他幼年丧母，父亲顽劣，后母愚昧，与其同父异母的弟弟象则凶傲不羁。他和弟弟象都曾拜尧为师，但象为谋帝位，屡与母设计害舜。尧禅让帝位于舜后，舜对父亲和后母却依然恭顺有加，力尽孝道，以德报怨；对弟弟象不计前嫌，宽以为怀，在完成继续向南扩疆后（原来领地最南端在长沙国），封象为侯掌管南方，到"有庳"做王。舜的仁孝之举感化了全家，营造出了和睦的家庭氛围。

他推重德政。他常常躬身南巡，视察水旱灾情，踏循尧的足迹访贫问苦（故在今双牌江村镇境内有村庄叫"访尧村"）、普渡万民，同时，也为兄弟之情，顺道探望，以示关怀。他"南巡狩，崩于苍梧之野，葬于九疑（故才有今日零陵之地名）"。他跋涉苍梧，及后来"葬于九疑"，两个爱妃（尧的两个女儿娥皇和女英）万里寻夫，泪撒斑竹，一路都是朔湘江、潇水而上；诸多有关舜帝仁孝为家、德圣为民的故事和传说，至今仍在湘江、潇水流域和九疑山、阳明山、舜皇山一带民间广为流传。潇水河因此又叫舜德河，双牌上梧江瑶族乡境内、潇水河畔的一个岩洞还被称作舜德岩。

他垂率和谐。《韩非子·难一》和《墨子·尚贤下》有载："历代之农者侵畔，舜往耕焉，期年，圳亩正；雷泽之

渔者争坻，舜往渔焉，期年而让长。""某时者舜耕于历山，
陶于河滨，渔于雷泽，贩于常阳。"意思是说，舜耕历山、
渔雷泽之前，那两个地方的百姓，曾为一己私利争夺农田和
渔场，造成了社会的不安定。舜于是耕历山、渔雷泽，在那
里以身作则，把方便让给别人，把困难留给自己。他助人为
乐，耕于历山时，把肥沃的土地让给了别人；渔于雷泽时，
也是把经营好了的渔场让给他人。在其德行感召下，人们纷
纷效仿，都以诚信为本，把肥沃土地和上好的渔场让人。礼
让因而蔚然成风。

舜帝在位 39 年，开创了政治清明、百业兴旺、千邦合
和的太平盛世，晚年，又将帝位禅让给杀父仇人的儿子禹，
足见其圣明伟大。

现在再来说象。

史载，象治政"有庳"，诚服于舜的宽仁，从此感恩悔
过，勤政为民，同样也为当地百姓做了许多好事。当地过去
有"象王庙"，又称象祠，并保存有一石碑，碑上镌刻有
"有庳古封"四字。《孟子》也载有"封之有鼻（庳）"。清
代董廷恩《春陵道》一诗写到："左右山联脉，群蜂若列
营，南巡虞帝迹，有庳古封城。"其记叙的便是这段历史。

象因为年轻时做了诸多恶事，被正史、野史以及文人墨
客们的传记、文集描写成了消极负面的形象。但事实上，他
被封派南方后，在有庳国里有十分良好的政声，大受拥戴。
去世后，老百姓还在潇水河边建了一座象王庙祭祀他。恰如

开篇所引古诗言："江村存庙貌，野老共烝尝"。唐元和七年（又说元和九年），薛伯高任道州刺史时，拆除了象王庙，还邀请被贬为永州司马、同为河东（今山西永济）老乡的柳宗元写《道州毁鼻亭神记》，中有"撤其屋，墟其地，沉其主于江"句。颇有意思的是，明朝天启六年，当地百姓又复修了象王庙。道州知州李嵊慈在《重修象王庙序》曰："有庳之有象祠也，奉祀久矣。"

　　数千年来，象王庙建了遭毁、毁了重建，几经兴废，当初的规模究竟是个什么样子呢？我去往当地寻访。得带路的村中长老告知，古象王庙原就坐落在访尧古村对面、"江村八景"之一的一个被叫作"仙人墩"的石山脚下。修建双牌水库关闸蓄水后，古庙的遗址早已被淹没在潇水河底了。立身仙人墩旁，面朝千古恒流的清清潇水，环视四周，但见绿树婆娑，鹭鸟低翔，风景如画，我仿佛听到了先民们阵阵吟诵之声。

　　象，不仅在自己的封地受到拥戴，死后受人祭祀，而且远离有庳千里之遥的贵州灵鹫山和博南山地区也有象的祠庙。据说，住在那里的苗民，大多是从有庳迁居过去的（尧帝的长子丹朱不满父亲禅让帝位于舜，联合南方三苗起乱，被舜派禹平息。象封有庳后，既有效地强化了治理，更把黄河流域中原地区先进的农耕文化和道德文明传带过来，惠政于民，极大地促进了南方地区生产开发和社会进步。同时，实施移民政策，迁民至贵州、甘肃，分田山地土予军垦民耕，百姓虽远迁而不忘恩。有《史记卷一·五帝本纪第一》记载为证："三苗在江淮、荆州数为乱，于是舜归而言于帝，请流共工于幽陵，以变北狄；放欢兜于崇山，以变南蛮；迁三苗于三卫，以变西戎"），迁民和随迁护卫的军士留居下来后，代代相传，一直沿袭有祭象的风俗。在薛伯高毁有庳亭七百年后，贵州水西土司安贵荣顺应苗民的请求修缮象祠，也盛邀贬谪于此的余姚人王守仁（字伯安，号阳明子，又名王阳明）写了篇《象祠记》，其中就有"唐人之毁之也，据象之始也；今之诸夷之奉之也，承象之终也"的话。象，曾为"浪子"不假，但有道是，"浪子回头金不换"。百姓不惧官府毁祠禁祭，千百年来始终把他当神来祭祀，正好说明一个亘古不变的道理：百姓心中终究还是自有杆秤的。

极具意味的是，舜和象生于诸冯、避丹朱之乱而迁会稽上虞（故舜帝又称虞舜），而上虞与余姚近若咫尺，大致是可以算得上一个地方的。舜、象与薛伯高、柳宗元有永济之缘，舜、象与王阳明有上虞余姚之缘，所以，他们其实都"熟悉"得很呐，是老乡呢。所以，《道州毁鼻亭神记》也好，《象祠记》也罢，讲他们是自说自话，也不算为过的嘞。

象的功劳，还在他在加强南方蛮族同中原民族的交往特别是语言交流上作出了很大的贡献。华夏大地在秦王朝完成统一大业之前，没有统一的语言和文字，各地方与地方之间方言互不相通，交流受限；帝皇的统治政令，需要相邻地区的官员依次翻译、接力传递。而这样的口口相传，难免谬误百生，贻误大事。据《礼记·王制》载："中国（国之中心，专指中原）、夷、蛮、戎、狄，五方之民，言语不通，嗜欲不同。达其志，通其欲：东方曰寄，南方曰象，西方曰狄鞮，北方曰译。""寄""象""狄鞮""译"就分别是负责翻译东、南、西、北四方民族语言的翻译官名。象封于有庳后，由于他精通南方方言，自然而然他又成了以一当十的翻译。所以，夏商周时期把专施中原跟南方民族交流的使者称为"象"，正缘于此。

象还在同南方蛮族的交往中，悟得了和平共处之道。他用横着九杠、竖着九杠，代表九州，中间是江河为界，代表天下分治之大势，以之组合成一棋场：虞舜代表华夏与东夷与有苗氏的三苗对决，"将"在帐中运筹帷幄不动；"仕"护卫将；舜曾用象耕种，所以"象"只能走"田"；"马"只能在白天走，所以走"日"；"车"则可以纵横，"兵（卒）"只能向前。游戏规则经过不断地完善，慢慢地，一种新的棋类游戏诞生了。玩者既可满足休闲娱乐所需，又能在方寸之间历练斗智斗勇，怡情益智。更具特殊意义的是，受舜帝和象王自己后半生"仁和"思想的启迪，象特意在游戏设计了"和局"的规则，意在劝民以和为贵、和平共处。据考究，象棋竟然是中国乃至世界棋牌游戏中唯一有"和局"的。之所以最终被叫作"象棋"，就因为它是象在有庳国萌生灵感而发明的一种棋局。

历十余年，读传记、查史志、翻文集、访乡野，今倚案品茶，掩卷而思，原来，有"有庳故国"之称的双牌，是尧留下了足迹的地方，是舜访尧南巡、仁爱百姓留下佳话较多的地方，也是象的封地治所和他的建功立业成名之地；双牌虽县小治史短，但历史源脉长。尤因是象棋发源地，窃以为，说她是"和文化"发源地，自是理所当然。

（注："蛮族"、"南蛮"等均为旧时带有歧视性的一种称谓，现已摒弃。）

（2005 年 9 月初稿，原题《舜帝仁德》，2018 年 5 月定稿）

陪你一起读《娘》

好友天雨弟极力推荐我读彭学明先生写的《娘》。

因为一直没买上，就到网络上去搜寻关于《娘》的章节择要和评论介绍。发现诸多著名作家、评论家及全国各地的读者对该书给予了高度评价，称《娘》"是巴不得让身边的亲朋好友都来一读和珍藏的好书"（唐浩明语）；"是关于母爱最伟大的祭文，是我们这个时代最珍贵的文学教材和亲情人伦教育读本"（张建永语）；"是中国孝道的圣经"（杜怀超语）；"是一部撕开疼痛与辛酸艰难发现深爱和真爱的作品，一部用勇气和真率呼唤人伦亲情人性回归的作品"（郭晓晔语）；"是中国散文和文学的坐标"（葛一敏语）；"是一场全民关于母爱亲情的大反思大追寻"（杨丹语）；"是中国版的卢梭《忏悔录》"（胡建文语）；"是撼动人心，真正用良心写作的良心书"（白荷语）；"不仅具有震撼人心的文学价值，还有启人心智的思想价值"（蔡先进语）……诸如此类，太多太多了，谓称热捧。

　　前几日，终于委托朋友为我订购了 35 本全本的《娘》。除自己捧读外，亦让单位的同事人手一本。起初，同事们颇感诧异，以为我帮着推销书赚回扣呢。

　　我述说原委，并动员他们读过后再推荐给自己的太太或老公和子女一读。

　　记得有"树欲静而风不止，子欲养而亲不待"这样一句话，它出自《韩诗外传》卷九——

　　孔子行，闻哭声甚悲。

　　曰："驱！驱！前有贤者。"至则皋鱼也。被褐拥镰，哭于道旁。孔子辟车与之言曰："子非有丧，何哭之悲也？"

　　皋鱼曰："吾失之三矣：少而学，游诸侯，以后吾亲，失之一也；高尚吾志，间吾事君，失之二也；与友厚而小绝之，失之三矣！树欲静而风不止，子欲养而亲不待也。往而不可追者，年也；去而不可得见者，亲也。吾请从此辞矣！"立槁而死。

　　孔子曰："弟子诚之，足以识矣。"于是门人辞归而养亲者十有三人。

　　把《韩诗外传》（卷九）里这段话翻译成今天的白话文，意思是：

　　孔子出行，听到有人哭得十分悲伤。

　　孔子说："快赶车，快赶车，前面有贤人。"走近一看是皋鱼。身披粗布抱着镰刀，在道旁哭泣。孔子下车对皋鱼说："你家里莫非有丧事？为什么哭得如此悲伤？"

皋鱼回答说："我有三个过失：年少时为了求学，周游诸侯国，没有把照顾亲人放在首位，这是过失之一；为了我的理想，再加上为君主效力，（没有很好地孝敬父母，）这是过失之二；和朋友交情深厚却疏远了亲人，这是过失之三。树想静下来可风却不停，子女想好好赡养父母可父母却不在了。过去而不能追回的是岁月，逝去而再也见不到的是亲人。请允许我从此离别人世（去陪伴逝去的亲人）吧。"说完就辞世了。

孔子对弟子们说："你们要引以为戒，这件事足以使你们明白其中的道理！"于是，辞行回家赡养双亲的门徒有十三人。

彭学明先生的《娘》以散文体第一人称的形式，深情回忆了自己幼年、成年，直至娘去世，娘为儿女付出所有、熬尽血泪的苦难岁月。娘以中国劳动妇女特有的吃苦耐劳与牺牲精神，无怨无悔地支持儿子走出湘西大山……

彭先生以最最真诚质朴的情感，谱写了一曲催人泪下的母爱悲歌。这岂不正是如"树欲静而风不止，子欲养而亲不待"一般的彻痛与解剖内心的真诚忏悔？

我亲已不在。

父亲是在我们兄弟们家境不是很好的时候去世的。而母亲去世时，家里条件虽较好了，但她却不太知道怎么去享受幸福。我一直很后悔没能给予父母足够多的感恩回报。

为了你不再像我一样心生懊悔，建议你去用心读《娘》。

我愿陪你一起读《娘》。

很有意思也足够巧合的是，我的这篇小文放在自己的新浪博客里，竟被《娘》的作者、著名作家彭学明先生点击读到了。他在博客的评论区留言写下"谢谢"。

蒋介石对阳明山的未还之愿

　　大凡到寺庙里拜佛的信徒，都会先烧上三炷香，然后跪在佛前三叩三拜，心里默默祈求佛祖保佑成就或者成全某事，并许诺倘能了却心愿定会如何如何，这就是老百姓通常

所说的向佛祖"许愿"。事后，一旦求佛保佑的某事灵验了，"许愿"者喜不自禁自不待言，还会特意再回寺庙兑现自己的诺言，这又叫"还愿"。蒋介石一生笃信佛道，且坊间盛传，蒋介石曾到湘南双牌县境内的阳明山万寿寺拜佛求签"许愿"。

　　据《零陵地方志》载，1939 年 10 月，曾设湖南南岳的西南游击干部训练班（汤恩伯始为主任、叶剑英为副主任，

后改由蒋介石兼任训练班主任）在李默庵的率领下迁驻零陵，翌年 3 月迁往祁阳县山川唐家驻扎。时局之动荡不安由此足见。

有说，这期间 1941 年的某天，蒋介石也来到祁阳。他听说祁阳城南有座自古有名的阳明山，还听说神话"八仙飘海"中"八仙"之一的何仙姑就出生在此地。蒋介石在宋代曾敏行的《独醒杂志》里就曾经读过有关何仙姑占卜打卦、预测祸福十分灵验的叙述："何仙姑，永州民女子也……而能前知人事……狄武襄征南侬出永州，以兵事问之。对曰'公必不见贼，贼败且走。'初亦未之信。武襄至邕境之归仁铺，先锋与贼战，贼大败，智高遁走入大理国……"时值第一次长沙会战之后，中国军队虽从战略上说是取得了胜利——有效阻止了日军的战略纵深推进，但由于战术上指挥失误也导致我方付出了极大的代价，敌我双方基本上处于胶着状态。蒋介石想：当年狄青都曾以兵事问何仙姑，得到应验，如今自己正好身在祁阳，离何仙姑故里几近咫尺，何不也以战事问问何仙姑的后人，看看是否灵验？

于是，他带着贴身保镖等一行人，乔装改扮，自祁阳县城渡湘江、经白水镇北上阳明山（当时阳明山属宁远县所辖，后划归 1969 年才新成立的双牌县管辖）。但他在阳明山上并没找到何仙姑的庵观（何仙姑的出生地实际上在往西南离阳明山再百余里的今零陵区富家桥镇何仙观和双牌县何家洞乡一带），只见一庙"万寿寺"，香火旺盛，还闻得寺内供奉的被封为"七祖佛爷"的秀峰祖师问卦十分灵验，于是，干脆进寺庙拜佛求签卜卦。得大师解卦点拨，送其六个字："成在川，败走湾"，给其点明了前行方向。

这与当时另一版本的乡村野语有很大差异：相传蒋介石退守四川时，在峨眉山拜佛，抽得一签并解卦为"胜不离川，败不离湾"，给蒋介石点拨的是留守的方位。

蒋介石在阳明山得到"成在川，败走湾"六字偈语后不久，即决定把因躲避日寇轰炸从上海一路辗转经武汉、长沙内迁到祁阳的原上海华商工厂、新中工程公司、新民机械厂等兵工厂及大量精锐部队又迁到了川康地区。几年后，抗日战争胜利，前三字得到应验；而在解放战争中节节败退、划江而治无望、南京失守时，国民党内部产生分歧，有人建议往西南撤，他最终还是依照万寿寺大师给的箴言，毅然退往台湾。

在台湾站稳脚跟后，每每想起"成在川，败走湾"的偈语得到验证，他念念不忘阳明山。有一故事流传甚广，说的就是他将台北草山改名为阳明山的事。

蒋介石退守台湾之初住高雄寿山，后移居台北草山的草山宾馆。据台湾府志记载："草山以多生茅草，故名。"蒋介石其实很喜欢草山的环境，因为这儿的一山一水、一草一木，其情其景都很像他的家乡奉化。他唯一不满意的是草山这个名字。据原蒋介石侍卫特别警卫组赵秉钰回忆：蒋介石初上草山之时，问身边人，此山叫什么山。身边的侍卫人员还没揣摩透他的心境，就直接告诉他叫草山，竟惹得他好一阵子声色不悦，胸中别有一番凄凉滋味。俗话说，"成者为王，败者为寇"。对于刚从大陆败退迁台的他来说，身居草山，岂不更有"落草为寇"之嫌？恰好他又始终难忘阳明山万寿寺大师给他的点拨，遂将"草山"改名"阳明山"，寓寄其万般的感慨和无奈的相思。

当然，比较"正统"的一说，是说蒋介石一生非常敬佩明代有哲学家、文学家、军事家和教育家之称、同为浙江老乡的余姚人王守仁（字伯子、号阳明子）先生。缘于王阳明心学中的"大中至正"，他甚至将自己的名字改作蒋中正；又有说蒋介石到台湾之前，先后曾三次到王守仁被贬谪贵州龙场时修身悟道的阳明洞参悟，其对王阳明先生的推崇备至可见一斑。蒋介石 1950 年改台北草山为阳明山，或许意在仿效当年王阳明悟道之举，以图有朝一日东山再起。

台湾阳明山自草山改名而来，这早已是广为人知的不争事实。但究其缘由，到底是因为在阳明山求得灵签指引他一隅偏安之地以兹纪念，还是铭志以王阳明先生为楷模，都暂无足考。也许，这二者都兼而有之吧。如同阳明山上浩瀚的云海，和被传说得神乎其神的禅宗佛签，这扑朔迷离的历史迷雾，真让人读不透、摸不着……

1975 年春节后，曾担任过"中华民国总统府"资政的国民党元老陈立夫奉命寻求与大陆的沟通，后在香港发表了一篇题为《假如我是毛泽东》的文章，表示"欢迎毛泽东或者周恩来到台湾访问与蒋介石重开谈判之路"。据说，陈立夫老先生还曾秘访过大陆，九十年代初，也有为双牌"阳明山"题词。1975 年 3 月，蒋介石几近弥留之际，还特别召见当年随他密上阳明山的保镖林楚涛，叮嘱他寻机将自己精心珍藏的《中华大藏经》赠送到阳明山万寿寺。但是，林楚涛先生至死也没能替蒋达成这一心愿。直到 2002 年，林楚涛之子林树南先生终于有机会将《中华大藏经》辗转送到了双牌阳明山国家森林公园管理局。

斗转星移，逝者如斯。

自 1949 年 12 月 9 日，卢汉、刘文辉、邓锡侯、潘文华、郭汝瑰等国民党将领相继通电起义，蒋介石感到彻底绝望，13 日，在胡宗南调动的 10 辆装甲车和坦克车等重兵掩护下，从成都凤凰山机场飞逃到台，到 1975 年 4 月 5 日深夜 23 点 50 分，他孤悬海岛 26 载，最终遗恨台湾。当年，蒋介石在阳明山求签时究竟许下了什么愿望，随着他的故去和一段历史的终结，已成了留给世人的无解之谜。不仅他"光复大陆"的梦想终究没能实现，就连再次登临阳明山万寿寺了却他占卦求签时许下的诺言，也终因海峡之隔无法实现。那 8 册由林树南先生辗转捎来的《中华大藏经》，只能证明他对阳明山曾经不舍的牵挂。

参阅书文：《零陵地方志》、曾敏行《独醒杂志》、张秀章《蒋介石日记揭秘》、李剑《蒋介石与阳明山的一世情缘》、蓝天晓雨《蒋介石最后离开大陆之谜》等。

关于上梧江民族学校主力
教学楼的记忆

（上梧江民族学校主力教学楼/田日曰　摄）

2002 年底，我调至上梧江瑶族乡工作。

或许是当初从学校毕业出来曾当过三年教师的缘故吧，我对自己供职的乡里的学校，可以说甚是上心。不仅平时有事没事常去学校转转，了解学校办学情况，学校的很多事情和存在的困难，自己获知详情后，都会力所能及地帮助解决。如，每年的教师节，除非遇到极特殊的情况，都会尽可能去参加学校组织的活动，或者挤出一些资金表达对老师们的慰问；安排一些经费为考取二本以上的瑶乡孩子发奖学金或为家庭困难的孩子发助学金；任期里，争取多方重视，筹集近 100 万元资金新修了进出学校的通车公路和人行水泥道路各一条，对校园环境进行了改造美化……等等。最值得说起的是，从 2003 年底开始谋划运作，到 2006 年 8 月，还数次到广东深圳等地登门拜访爱心企业家和热爱家乡的双牌籍在粤成功人士，不遗余力地推动和促成广东一些企业家慷慨解囊，捐助 86 万元建起了功能齐全、当时在全省农村中学特别是民族乡学校中堪称一流的一幢现代感较强的教学楼。不论是与沿用 20 多年的乡政府办公楼比，还是与乡镇其他站所的房子比，乡民族学校成了偏僻的瑶山里一道最最靓丽的风景。

　　这幢教学楼，主要捐资者为远在广东深圳市的主力实业有限公司的非常开明的李董和罗总。为感谢他们的仁善义举，我们又争取以市人民政府的名义行文批复，授予李董和罗总等人为永州市"希望工程"功臣称号，把这幢楼冠名为"主力教学楼"，然后请有书法家之名的赵青茂先生赐墨题写楼名，将其悬安在楼顶。我还提笔撰写了《主力教学楼芳名录》，请工匠将其镌刻成碑，并镶嵌在教学楼的大厅北墙上，以期让瑶乡人久久铭记他们的一片深情。

　　如今，调离上梧江好些年了，只要有机会去到乡里，都会去学校里看看。特别是每当再回想办这件事的过程，虽叹艰辛，尤感欣慰。还尤为值得一提的是，省市和县委县政府、县领导对民族地区的教育等经济社会发展十分关心，这其间还得到了上梧江籍在外工作的诸多有识之士的鼎力支持，使这件不易办成的好事最终得以办成。是故，特录下这段文字并贴出几张照片，与诸君分享并留作记忆。

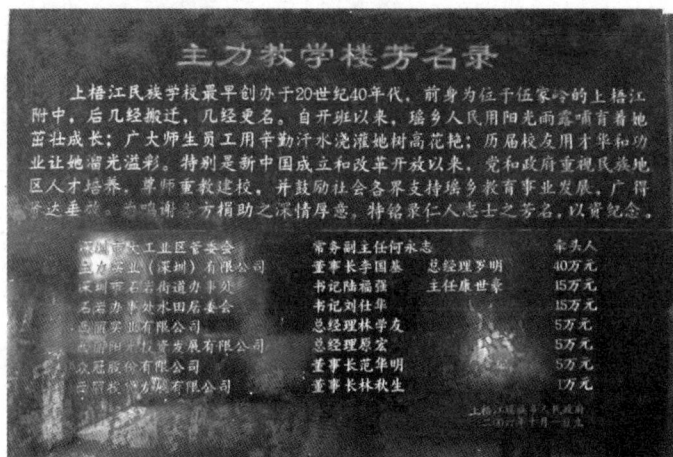

（捐助芳名录/田日日　撰文）

我的纪念

——读表弟博文《纪念母亲》

　　我有表兄（弟）表姐（妹）24 个，加上我家兄弟四个，一代同辈分的血缘至亲老表 28 个。儿时，还会因为外公外婆或奶奶的生日，或春节相互拜年的时候，大家相聚在一起；长大了，各自为了事业或者生计，天各一方，极少相处相交，感情自然就渐渐疏远了。这大概就是俗话所说的"一代亲，二代表，三代四代不认了"吧。

　　最近，我一个在广东打拼发展得较好的表弟 Sundayhe，他在 QQ 空间里发表了一篇日志《纪念母亲》。日志里表达的他对母亲真挚的情感，让我感动得泪花满眶。因为，他母亲也是我母亲的妹妹、我的姨娘。

　　我这个姨娘，在母亲五姊妹中排行倒数第二，与排行老大的我母亲年龄相隔较大，与我及哥哥倒是年龄相近。她是因为经常到我家来看望他的姐姐——我母亲，被我的姨父看上喜欢上，而嫁到了我们村的。她出嫁时，我已经是小小少年了。我们作为外甥把她从外婆家送亲送到了我们自己村上。从此，姨父姨娘家成了我常常去的地方。她家离我们家不过百余米。她待我们很亲，犹母犹姐，我很敬爱她。

在第一次读到表弟这篇日志时，情潮翻滚，久不平静，当时就留言附和表弟的情感。今又再读，又想表达点什么，但却不知道说什么好。于是，写下这几句，并将表弟的日志转发，算作是我对姨娘的纪念。再愿我的姨娘，当然还有我的父亲母亲，天堂快乐；更祝愿我所有的亲人，包括久不相聚的表兄（弟）表姐（妹）们幸福平安。（2013 年 10 月 23 日夜）

附文：《纪念母亲》

文/Sundayhe

天灰蒙蒙的，乌云遮住了太阳，连一丝光线都吝色给予大地，雨已经连续下了好几天了，仍然没有停下来的意思，我的心情也像这天气一样变得阴云密布。

日子一天天过去，转眼间又是一年清明节来临，想起母亲不禁又一次有想哭的感觉。

比大海深的是思念，比太阳无私的是母爱。

母亲于 1991 年秋去世，转眼已是二十多年。难以想象母亲已经离开我们这么久，仿佛还是昨天，又似乎是那么的遥远。

母亲出生于那个闹饥荒的年代，小时候听父母诉说那段

"苦中有乐"的日子，总觉得或多或少有点不可思议，或许只有亲自走过那段路的人才能感受到那个时代的艰辛和坎坷。

母亲是地道的农村妇女，与其他农村妇女一样，勤劳、善良、朴实。母亲没有太多的学识，也没有给我们创造优越的经济条件，但难能可贵的是她有一种勤劳的精神和对生活不屈不挠的执着。我性格中的坚韧也正是秉承了母亲的性格。

母亲生育了我们姐弟四人，并艰辛地把我们拉扯大，母亲的勤劳在全村是出了名的。八十年代末家里建起了全村第一座红砖房，这是非常不容易的，母亲也正是因建房子的事离我们而去，可以说是母亲用生命给我们筑成了新家。虽然家里的房子成了九四年那场洪水全村唯一没有倒塌的房子，但如果可以我仍然希望当年留下来的是母亲。即便前几年家里已建了新房，但每次回去还是要去老的房子里看一看，因为它寄托着我们对母亲的思念。

母亲离我们而去那天，姐姐她们哭得特别厉害，而我当时"坚强地"没有哭。其实我便没有别人认为那么坚强，在后来学校六一组织看电影《妈妈再爱我一次》听到歌声里唱"没妈的孩子像根草"时伤心得哭过，并于以后的岁月里曾经无数次在人不舒服时用被子蒙住头偷偷地哭，也曾在心灵受到打击后像个孩子一样放声痛哭。

二十多年了，今天想起来特别的愧疚。那么多年来，好多次想清明回去看一看妈妈，总是因杂事环绕不能成行。今年又是。

2010 年的春节回去过年，我终于良心发现。大年三十去到母亲的坟前祭拜。坟前布满凌乱的杂草，坟旁的树都有碗口那么粗了。我们除去周边的杂草，上香烧纸，然后燃放鞭炮，希望响彻云霄的鸣炮声能为母亲捎去我们的问候。我当时在想，如果母亲今若安在，我们一定会竭尽全力让母亲过上幸福的生活，我们终究还是没有了孝敬母亲的机会。回顾我们自己已走过的岁月，扪心自问，我们一生无愧于祖国、无愧于人民，无愧于朋友，唯一有愧的是对不起父母，他们无条件地养育我们，而我们有条件时也没能照顾他们。

妈妈，我们想您了。

妈妈，我们永远怀念您！

荷花及其他

从很小的时候起，就非常喜爱荷花。

喜爱的理由，最初当然是因为荷花的清丽艳美，此外，便是长满荷花的那个地方给了我孩童时代许多的欢乐。

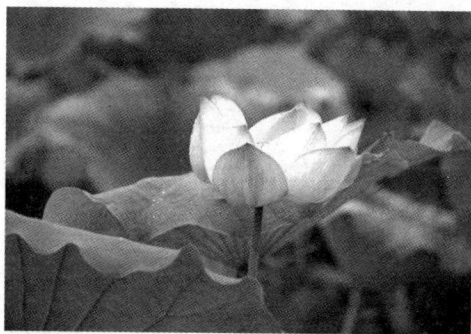

（夏荷/田日日 摄）

记得老家村子附近有一口近十亩水面的池塘，叫长塘，里面长满了荷花。每次到那去玩，可不是为了到塘里去洗澡。我们是不屑到池塘里去洗澡的，因为村前就是亘古流淌的潇水。每看到那些离河很远的山村里的孩子以跳进池塘里洗澡为乐时，我们总是会流露出认为"他们好可怜"的神情呢。

　　一到盛夏的中午，我和伙伴们赤身跳进清澈透亮的潇水河里洗澡、爬到河边的柳树上去抓正"知了知了"鸣叫着的蝉，那才叫惬意呢。从河里爬上岸，来到荷塘里，淤泥里的藕是与我们无关的。大家互相打水战，或者学着当时风靡一时的电影《洪湖赤卫队》里赤卫队员泅水袭击敌人那样，一边在水里扎迷子，一边借着碧叶连天的荷花的掩护捉迷藏，或者每人采几朵荷花、摘一把莲蓬，走的时候再将一张大大的厚厚的荷叶罩在湿漉漉的头上遮挡烈日的曝晒，都能成全我们一群顽童简单的快乐。尽管因为惊扰了荷叶下躲荫嬉戏的小鱼，总会被承包荷塘养鱼的主人一路追赶着臭骂一顿。

　　长大些后，依旧喜爱荷花，但不再是因为去荷塘戏耍了，而是在课堂上读到了诗仙李白《经乱离后天恩流夜郎忆旧游书怀赠江夏韦太守良宰》里"清水出芙蓉，天然去雕饰"的名诗，听到了语文老师为我们解读的理学鼻祖周敦颐《爱莲说》中"予独爱莲之出淤泥而不染，濯清涟而不妖"的佳句，然后，开始故作深沉地思考人生。"做一个正直的高尚的人"，这种人生信念就是这样撒播在心灵中并渐渐萌芽的，尽管遭遇现实后屡屡迷茫，但仍然坚守不弃。

　　2001年春节前后，偶然的原因，让我在首都北京有了大半年的生活经历。其间的一些事、一些人与我的交集，让我由以往的喜爱荷花转而更钟爱那清荷上的露珠。且这种钟爱，还真的算得上是一种揪心的爱。不信，你去到荷塘边看吧：昨夜的清冷催生了次日清晨荷叶上那柔柔的、绵绵的、圆圆的水珠，晶莹剔透，在晨光里、朝阳下，如一颗璀璨的珍珠，惹人又爱又怜。倘若，突然间一阵风吹过，哪怕是一阵微微的风儿吹过，清荷摇曳，露珠便在叶面上犹犹豫豫、无头无脑地滴溜溜翻滚，让你的心不由地紧悬起来，你会恨不得不顾一切，立马捧住那片叶子，呵护着不松手，生怕手一松开她就荡出叶面，消失得无影无踪。我也无法说清这种情愫是如何滋生的。而且，在那个时间段，北京也并不是荷花绽放的季节。

前几日，在一网友的博文中无意间读到了一则有关荷花的动人传说。

说的是元朝时的一位年轻书生，邂逅了一素衣红颜、美若天仙的少女。少女与他擦肩而过时，一笑百媚生，把他的心勾走了。他追上去表述衷情，把随身携带的一个祖传玉环赠送给了那少女，两人坠入爱河。某日，书生来到后花园的荷池边散心，正值满池的荷花开了。他躬身观赏，但见一叶清荷上的一枚露珠在他眼前越来越大，露珠中竟然立着他钟情的女子，向着他微笑。而边上的一枝莲蓬内也有一玉环，正是他曾经赠送给那女子的那枚。大惊之下，书生折断了那枝莲蓬，也绊落了荷叶上的露珠。露珠滴落到叶下的荷田里，幻影中的女子也瞬间从他眼前消失。回到家中，他急迫地想见到自己倾爱的女子问个明白，但再也不见她的踪迹。直到晚上，女子才托梦告知书生，她原是荷花仙子……

  读罢这故事，我哑然一笑。

  眼下，恰又是赏荷的好时节，我突然想去看荷花了。

  听朋友说，城外南郊不远的九甲村就有片百余亩的荷塘，盛开的荷花几乎一眼看不到边。于是，周六日，我起了个早，背上久未动过的单反相机，沿着大致的方向前行，几乎没费什么周折就找到了目的地。漫步在荷塘之中的田埂小径上，我忘情地望荷叶舒展、观荷花吐蕾，眺蜻蜓立枝，看蜂儿采蜜，更赏我钟爱的荷叶上晶莹剔透的露珠……当然，我没有到每朵莲蓬中去寻觅那传说中的玉环。因为，我尚不知自己心仪的"荷花仙子"贵为何人，又何处去寻？

  所以，邂逅于我，注定无期。

什么是幸福

——从"如果我嫁给'黄世仁'"说起

　　《长江日报》载文，今年 10 月 14 日，《文艺报》资深编辑、评论家熊元义先生到华中师范大学与学生座谈。熊元义提到，近来，"白毛女应该嫁给黄世仁"的观点在一部分年轻人中流行，表明人们由上世纪 40 年代对群众疾苦的同情，演变成而今对权钱的膜拜。一位"90 后"女生小谢发言："如果黄世仁生活在现代，家庭环境优越，可能是个外表潇洒、很风雅的人，加上还有钱，为什么不能嫁给他呢？即便是年纪大一点也不要紧。"紧随其后，另一位大一女生小蔡的发言更牛："如果我嫁给有钱人'黄世仁'，可以拿他的钱捐给慈善事业，帮助有需要的人。""小谢""小蔡"们的雷人话语见诸网络报刊后，与前段时间"拼爸爸"的观点交合在一起，在社会上反响强烈。关于新一代大学生人生观、价值观、爱情观、幸福观的讨论又一次升温。

　　是的，现在的人，大多变得越来越现实，或者说是越来越势利和急功近利。尤其是有"新人类"之称的"90 后"

"00后"们。不信？如果有谁要对这些少男少女们很认真地提"什么是幸福"这样一个问题的话，十有八九会招来诧异的眼光，甚至很有可能被奚落讥笑一番。因为在他们看来，这年头，只要拥有足够多的金钱和房子、车子等物资，就算得上很幸福了。倘若再能拥一丽人为妻或得一帅哥呵护，那更是妙不可言的事情。这个观点，当然并不代表所有人都会推崇，但我敢肯定，推崇者人数定不在其少，最起码大多数人都可以接受吧。

可是，让人更不明白的是，有些人明明生活得很好了，有房、有车、有事业、有家庭，在通常人看来，那已经是人上人的生活了，可照样整天庸人自扰地抱怨生活、抱怨世道的不公。为什么？我想，他们因为没能学会知足和感恩，就总感到活着是一场炼狱般的煎熬。

我曾在朋友 cloud 的博客中，读到过这样一则故事，说她有次随先生出门上街，在一条小巷的拐角处，看见几个流浪的拾荒者围坐在一起打牌。虽然一伙人穿得都破旧不堪，浑身上下灰头土脸，但几张满是污垢的脸上挂着的却是灿烂的笑容。那份自得与满足、那种幸福的感觉非常令人羡慕，让她忍不住驻足观望了好一会儿。这时候，她听到先生跟她说，"看，这就是真实的生活。"

"如果追求幸福，为人就要知足。节制欲望，是幸福之源。"

不知道看过印度《摩奴法典》的朋友，是否还记得其中这句经典极致的台词。确确实实地讲，人对美好的幸福生活的追求是永无止境的。因此，我想说，我等什么时候才能从人为的、自我的精神桎梏中解脱出来，学会享受原本平淡、但可以快乐的人生呢？

试想，对于经历了去年"5·12"汶川大地震的人来说，"拥有足够多的金钱、房子和车子等物资"以及"拥一丽人为妻"，还算得上最幸福么？答案无疑会是"NO"。因为，在他们看来，这些统统不过身外之物而已。只有自己和亲人都能从这场灾难之中活着走出来、坚强地走下去，才是最最幸福的事。还记得前年那场突然而来的雪灾么？那时，对于众多身陷旅途、窝在列车和长途巴士上不能按时回家的旅行者来讲，能尽早回家过年，其实就是莫大的幸福了。

所以，什么是幸福？

这原本是没有标准答案的问题。无论对于"N后"的人来讲，幸福，都不过是一种心态和人生境界而已。

（初稿于 2009 年 11 月）

从"青蛙之死"想到的

据说，美国康乃尔大学的研究人员曾做过这样一个有趣的实验：将一只活青蛙，突然投入被烧得沸腾的开水锅内，青蛙竟骤然跳出了锅外，死里逃生；而把另一只同样活蹦乱跳的青蛙，放入盛有冷水的锅里，然后，再慢慢给这口锅加温，青蛙却依然悠闲自乐，即便水温逐渐升高也不挣扎跳出，直到死在了锅里。

想想青蛙之死，让我们不禁惶恐起来。

现实生活中，我等凡人常常就像这温水中的青蛙，在自己的习性、惰性和犹豫不决的安逸心态支使下，渐渐地失去了弹跳的功能，最终失去改变生存状态和生活环境的契机，甚或徒留一腔哀叹。

有报载，某石膏矿发生一起死亡三人的重大安全责任事故，事后调查得知，在事发两年之前就曾有人发现并反映，矿里绞矿车用的钢绳索被磨起了毛，有断裂的迹象，但由于管理人员和操作人员都没有引起足够的重视，一年多来都无人按期检查和及时对其修整或更换，导致不该发生的惨剧最终还是发生了。如果当初操作人员发现钢丝绳子起毛后不再开机，及早换新，就再不会写出"一根钢绳子＝三条人命"这样一道根本无法相等的等式来了。

又据新华网报道，四川安县有一所学校叫桑枣中学，与在去年"5·12"汶川大地震中伤亡最为惨烈的北川县毗邻。但这所桑枣中学在这场 8 级大地震中竟然没被"震倒"，且 2200 多名学生和上百名老师无一伤亡。网上评论，说这全靠该校叶志平校长非常重视安全教育和安全防范。叶校长是四川省优秀校长，他担任校领导后，下决心花 40 万元将造价才 16 万元的一栋"豆腐渣"实验教学楼进行了彻底的加固，消除了隐患；同时，从 2005 年开始，每学期都在全校组织一次突发事件紧急疏散演习，从未间断。演习工作做得非常仔细，每个班的疏散路线、楼梯的使用、不同楼层学生的撤离速度以及到操场后站立的位置等，都事先固定好，力求快而不乱，井然有序。尤其令人震惊的是，这次大地震真的发生后，全校师生从不同的教学楼、不同的教室中，全部冲到操场，以班级为单位站好队，用时仅 1 分 36 秒，且逃生的过程、模式及结果与演习一模一样，创造了一大奇迹。叶校长因此被网友们称为"史上最牛校长"。

"居安要思危"。这是一句用无数鲜血与生命凝成的古训。从"青蛙之死"和以上两起案例，我等不难明白这样一个道理：我们周围发生的诸多事故，竟很少有出问题出在骤然危险的情况下的。因为越是危险的时候，往往越能引起人们的注意和警觉；越在不经意处，越会频生祸端。俗话所说的"大风大浪少出事，小溪小沟易翻船"，也同样说的就是这个道理。像死去的青蛙那样，任何被一时的"安乐"麻痹了思想、放松了警惕，丧失了危机意识的行为，难免不落个重蹈青蛙覆辙的下场，最终的代价必定是流血乃至付出生命。

（原载 1993 年 11 期《安全与防灾》，2009 年有删改）

经历“代沟”

家有儿子帅呆呆、家有美女初长成。

他们时尚、可爱，学业也比较好，女儿今年还考进了比较好的大学就读。她俩走出走进，同事朋友邻居无不羡慕不已。可是，他们渐渐成长，在凸显和放大我们家庭教育成就感的同时，似乎他们心的距离也离我们越来越远，伤感和莫名的惆怅往往也会在我们心中不时滋生。

我们虽说够不上时尚新潮，但，好像也不是那类十分落伍的思想老朽。有时候，我有意无意地多与所谓的“90后”的少男少女们套近乎、交朋友，明显地有借此了解他们这代人之所思所想的“预谋”。当然，藉此也可使自己的心态变得越来越年轻。尽管如此，我与儿女们的思想碰撞仍然时不时发生，这大概就是通常所说的“代沟”吧，且不承认和不正视其存在还真不行。

记得，我至少有两次被80后、90后们说我“老了”、说我与他们“有代沟”的经历。

　　一次是我在乘船到自己供职的上梧江去的客轮上，身旁正好坐着一群读高中放假回上梧江的女生。因发现她们与自己女儿差不多大小，便想与她们聊一聊。见她们手上拿着mp3听音乐，为了拉近距离，我开口前先从包里拿出正好带在身边的mp4，以显摆自己时尚，吸引她们的目光和注意力。果然，她们愿意搭我的腔了。然后，在我的思维主导下，我转弯抹角地与她们聊起了"追星"的话题，并故意说了不少关于李湘、阿杜、周杰伦、刀郎等那些她们都非常喜欢的明星的怪话，说这些人怎么都比不上杨洪基、蒋大为和李谷一，等等。反正，越是她们不喜欢的人，我偏说比她们喜欢的那些明星"酷"，气得她们把脸都憋红了也拿我没办法。大半天之后，其中的一个女孩才回了我一句话，她说："叔叔，我们跟您讲不清，您老了。"我说，不会吧，别人都说我年轻潇洒呀。她的第二句话才真气得我要死呢。她说，您人虽然没老，但您的心已经老了。

　　另一次，是我到一个大书店买书，到收银台付现时，碰巧听到坐在其内的两个美女自顾低头聊天。而且聊的竟是房内之事。我忍不住哑然失笑。美女俩抬头看我，一副莫名其妙状，问我笑什么。我反问，我不应该笑么？把这夫妻俩的房间事，拿到大庭广众的公共场所来说，让人怎么不笑呢？两美女说：与你有代沟！我无语。

　　不知道这样的经历，是不是只有我有。但我想，就父母与孩子的观点冲突来讲，恐怕对绝大多数这阶段的家庭来说，几相类似。无外乎是，家长们巴不得进到孩子们的心旮旯乃至毛细血管里去看个究竟，管它个"纵到底横到边"。而那一方呢？巴不得挣脱爸爸妈妈手里牵着的那根绳索，哪怕成为一只断线的风筝，哪怕飞到天涯海角，飞到高空云间。也不是没有人意识到这个道理，甚至也不是没有人努力去改变，但是，碰撞还是在碰撞，代沟还是有代沟。谁也无法回避。

既然必须面对，干脆迎面经历。唯有真心付出，不言放弃，以爱相待，才能填平所谓的"代沟"，帮助孩子度过特殊的青春时期，才有孩子的身心同步成长。愿我家你家他家大家的家，都充满幸福和快乐。

（2007 年 8 月于上梧江瑶族乡）

又见阳明杜鹃红

"人间四月芳菲尽,阳明五月杜鹃红。"

虽是一句借用过来的诗句,但是,用她来描述阳明杜鹃的与众不同以及阳明山美不胜收的景色,是再恰当不过了。阳明山之美,引得四面八方的游客接踵而来。

阳明山位于潇水之东,双牌县境内东北隅,与零陵、祁阳、宁远等县区接壤,主峰海拔 1624.6 米,早有"北庐山、南阳明"之说。她的名字的由来,方志有载:"朝阳甫出而山已明者,阳明山也";"阳明山,名山也,荒蟠百里,秀齐九嶷。"意思是说,阳明山是清晨的阳光最先照亮的地方;阳明山是一座名山,与九嶷山一样峻奇秀美。其境内有流泉飞瀑、奇峰怪石、云山雾海等诸多奇观,年平均气温 14.2℃,森林覆盖率 98%,负氧离子每立方厘米达 3.8 万个,素有"湘粤凉岛"、"天然氧吧"和"岭北生态画卷"的美称。

我恰好就工作生活在神奇秀美的阳明山下,可谓近水楼台。所以，每年四月底五月初，我都会上阳明山上看杜鹃花开。

五一假期，有了难得的短暂悠闲，于是，几个好友从不同的地方来到阳明山下的红水岭汇聚，再次相约上山，给自己的心情彻底地放个假。

顺着一路蜿蜒的盘山公路驾车前行，随处可见公路两旁巍峨的群山和葱绿的竹林，间或有一沟沟一片片的黄杉、南方红豆杉，以及原始次森林。透过车窗向外看，能渐渐地感受到跟随海拔的升高，越往上行越被高山绿树环绕，满眼的翠绿，尽可用一路风景一路迷人来形容。然而，最吸引游人眼球的，还是那些随处可见、种类繁多的杜鹃花。随车的当地朋友介绍说，阳明山的杜鹃花，有好几类是别的地方没有发现没有被命名的，已有品种被直接命名为"阳明杜鹃"。

映入眼帘的杜鹃花，一朵朵、一丛丛、一片片，或白或粉，或紫或红，五彩缤纷，互为点缀。蜂儿在花丛中盘旋低吟，蝴蝶在枝叶间轻盈起舞。处处盛开的杜鹃花，像一块块硕大无比的红色地毯，从山脚一直铺向山顶，漫山红透，争奇斗艳，成了一眼望不到边的杜鹃花海，足有十万余亩，创下了面积最大的野生杜鹃花"大世界吉尼斯纪录"，被誉为"天下第一杜鹃红"。置身其中，吸吮着弥漫在空气中的馥郁芬芳，浓香浸入肺腑，令人如痴如醉。花开得最艳处，总有三五成群的美女抚枝弄瓣，摆出各种姿势留下倩影。她们立身花丛，好像被花神给挂了花环、缠了花带、披了花袍……美人与花融为一体，让路过的游人看去，仿佛美女们也都成了一朵朵娇艳惹眼的杜鹃花。

阳明山就是有点怪。有时候，山下阴雨绵绵，山上却是晴空万里；山外丽日当空，山中却是云雾缭绕。真正的一山两重天嘞。

这不，刚上山时，天还是一片晴朗，行至半山腰，却突然间腾起了如烟的云雾。爬行的车队，犹在雾海里"航"行。好在这神奇的雾，更为阳明山漫山遍野的杜鹃花平添了无尽的浓浓诗意。您或许刚刚注目的是一片鲜红的杜鹃花，但刹那间就会被一层层一缕缕如烟的雾霭笼罩。雾里看花花更艳。被云遮雾罩的山峦，数秒之内，又会惊现灿烂盛开的杜鹃花点缀在苍翠之中的奇观。

杜鹃花别名映山红、艳山花、清明花，有"花中西施"的雅号。因自古就有"杜鹃滴血"典故的缘故，于是，人们都愿意相信，杜鹃花的姹紫嫣红，就是那吐血而死的杜鹃鸟的血染而成。这让鲜艳的杜鹃花花脉里同时透出凄美。

但阳明山坊间关于杜鹃花的传说，则另有自己独特的一个版本。

相传，玉皇大帝有七个女儿，个个都是织锦能手，那满天绚丽的霞光就是她们纤纤巧手织出来的。那年，正值王母娘娘做大寿，玉皇下诏，除七仙女因触犯天条，被罚独居银河西边闭门思过外，其他女儿每人须织一锦缎献给王母娘娘当寿礼。仙女们织着织着，禁不住思念起孤独一方的七妹来了。这时，一阵风突然刮来，冷不防把仙女们织好的锦缎吹走，从天庭往下飘落，一直飘到离天庭最近的一座山峰——阳明山上。时逢山上朝阳升起，阳光照在锦缎上，映得霞光满天，天地间一片祥和。说来也巧，这丽锦上织的偏偏是凡间还没有的杜鹃花。锦缎刚一落地，锦上的杜鹃花立马变成了阳明山山峦沟壑间的杜鹃花。从此，阳明山上满山遍岭就开满五色七彩的杜鹃花了。

"杜鹃滴血"也好，"丽锦落山"也罢，传说终归是传说而已，不足以信。不过，这些美妙的传说之所以能口口相传，延留至今，是因为她确实寄托着人们这样那样的情感。杜鹃花虽为花，杜鹃花其实是饱含深情的。阳明山的杜鹃花又何尝不是呢？

彭楚明君《阳明杜鹃》一文写道："阳明山上看杜鹃，我看到了盎然的生机，看到了嫣红的希望，看到了飘荡在花枝间的禅意，看到了氤氲在花海上的佛光……"

禅意何来？佛光何来？因为，还有一个游阳明山必不可少的去处——万寿寺。

万寿寺位居阳明山巅，原本叫阳明山寺，"始建于宋，重修于明。"明嘉庆六年（公元 1527 年），从广东韶关南华禅寺云游到此的新田籍僧人郑秀峰，久居阳明山寺潜心修禅，于嘉靖二十九年八月功德圆满，坐化成佛，其肉身不腐，护佑众徒和周围百姓平安。明藩南渭王崇其号，上报册封郑秀峰为"七祖",并改名阳明山寺为万寿寺,赐"明山千古仰,活佛万家朝"匾联一块。自此,周边地区三省十八县来拜佛朝圣者甚多,万寿寺渐成湘粤桂一带的佛教圣地。数百年来,香客年逾数十万,香火鼎盛不衰。善男信女们每每怀着一颗颗十分虔诚的心,来到佛前求签许愿,感悟禅的玄机,领受佛的洗礼,据说大多都能愿了签灵,有"求官加官、求子得子、求财旺财"之说。信徒们或郁郁苦闷,或茫然无助,或渴求祈盼的心情,各自得到最大限度的释放或慰藉。万寿寺仿佛成了世人宽宏的精神憩园。于是,万寿寺佛祖的灵验,口口相传,名扬八方。阳明山因此又被尊奉为"灵山福地"。久而久之,寺庙周边的杜鹃花似乎也弥漫着禅意、散发出佛光,成了寄情的尤物。

离万寿寺约十余里的地方,又有一地名叫歇马庵。

有传,明正德年间,妙竹公主(另有一说是明武宗皇帝的三女儿秀灵公主)因逃婚走出皇宫,一路奔波到了阳明山。见此地山幽水静,恍如世外桃园,是养心修性的妙处,于是,与随行丫环歇马在此,借寺修庵,修身立德,执意不归。明皇见其决心已定,尽管气愤之至,但也无可奈何,遂封其为易德仙姑,也称一品仙姑。此后,众多出家尼姑奔庵而来,歇马庵的名声几乎不亚万寿寺。

由于年代久远,歇马庵现在早已不复留存,只剩下一堆堆淹没在荒草丛中的断墙瓦砾证明她曾经的兴盛,让人耳边犹闻阵阵念诗诵经之声。

恰好就在她的遗址旁边，有一水面逾百亩的人工湖，曰"万和湖"。四周是葱茏青翠的山峦。黄杉、红豆杉等珍奇树种和罗汉竹、斑竹、樱桃木以及无数叫不出名的花木，呈现在游人面前的分明就是一个植物王国。当然，最最抢眼的依然是点缀在山间的那一簇簇的杜鹃花，粉若芙蓉、娇若清荷、艳若桃红、灿若云霞。那多姿多彩的画面，倒映在清澈的湖水中，山光水色，融为一体，怎不让人心醉神迷，流连忘返？

据说，在这万和湖岸的山坡上，将会打造一个万和主题公园。园内将立一巨大的"万和大鼎"，用所收集到的世界各地各界知名人士题赠的一万个"和"字铸就而成。一路陪同的导游小李自豪地告诉我们，已收到了包括联合国原秘书长安南先生在内的诸多名人名家题写的"和"字数千帧。

更具意味的是，双牌有座阳明山，海峡对岸的台湾也有座阳明山。两座阳明山同名同"姓"，且已结成姊妹山，无形中拉近了海峡两岸的距离。原中国国民党主席连战、吴伯雄、副主席蒋孝严、林丰正和亲民党主席宋楚瑜、新党主席郁慕明等台湾政要都闻双牌阳明山之名，相继题写了"和"字赠送到此，2011年4月，国民党副主席林正丰还携台湾阳明山管理处林永发等一行，在时任海峡两岸关系协会会长陈云林的陪同下，亲自到双牌阳明山参加以"两岸阳明山，杜鹃传真情"为主题的第五届中国·阳明山"和"文化旅游节暨杜鹃花会开幕式和海峡两岸阳明山旅游合作与发展论坛。两岸"阳明山"管理部门还互赠了杜鹃花种苗，期待两岸阳明杜鹃竞相盛开。我由此猜测，策划阳明山"和"文化节与万和园主题公园的策划者的立意，无非是借此表抒愿景，期盼两岸和平、中华万和、世界万和。试想，谁不希望安享太平呢？

从阳明山返程归来时，朋友几个都不停地感叹：看来，游人们如此迷恋阳明山，不辞路遥，纷至沓来，或许不仅仅因为阳明山有一片浩大的杜鹃花海，更因为她是一座承载着美好企盼和愿望的祥和之山吧。

【点击链接】

天下第一杜鹃红

（潘岳　游阳明山）

红杜鹃，紫杜鹃，搏得自由开满天。庸花俗草生山下，奇红艳秀在高岩。未必惹人怜。层层飞红波浪，叠叠香雪万千。傲骨天生成。高品自在闲。只因那天不管地不限，敞开胸怀抱世界，横七竖八绽坡前。愈是霜冷见清华，愈是寒凛透明艳。怕不是三湘子弟多热血，化作红云染碧天。潇水情绵绵。

人生百岁落花，佛门一开天眼。钓起白雪银点点，揽下青山一片。松竹相伴本色，草木共依天边。百丈黑崖十八旋，过往英雄不见。昨夜忽来雨，晨起漾紫烟。唐宋名士风，元明画中弦。洗得凡心仰首看，苍茫浮空乱云悬。足下即禅玄。

　　水软软，风散散。九转雾花路，十里白云间。七老八十徒自怨，只是懒得上高原。错过红杜鹃。春秋花季多情种，寒暑枯节日时颜。天地独醉君独醒，明月邀得花中眠。一步一诗仙。万里奔行为奇花，一念相亲白头缘。既知道高山流水出灵秀，就莫把京师俗气携花前。随他静静若干年，相知待有缘。（潘岳时任国家环保总局副局长、中国环境文化促进会会长）

（2009 年 5 月初稿，有删改）

复杂的美国

最近，读了安静女士所著《解读美国》一书。

书中几乎是"随心所欲"地介绍了美国的地理、文化、法律……等等，其目的是帮助欲去美国的读者"速成"了解美国。我到了这般年纪，到美国闯天下甚至读书都绝无可能了，至多是期许有机会时去短暂地旅游旅游，感受一下异国人文。所以，我没有把这本书当成工具书，不是期盼读了之后去美国"有用"。读的时候，态度也就更是随心所欲，只是想读一种心情。

果然，其中有一段，读后觉得颇有意思。

据说，当年美国总统老布什上任后，宣布了1.6亿美元的减税计划，其中包括取消遗产税。美国的亿万富翁很多很多，按照通常的概念，这一政策，对拥有美国大部分财富的少数最富有阶层来说，应该是个大好大好的消息。可有趣的是，竟然有120名富翁联名上书反对这一法案。请愿书中写到："取消遗产税，将使美国千万富翁、亿万富翁的孩子不劳而获，使富人永远富有、穷人永远贫穷，这将伤害穷人家庭。"书中还介绍，许多美国富人并不把自己所有的遗产都传给子孙，在积极缴税的同时，还把大部分的财富捐献给慈善机构。而很多年轻人（也就相当于我们现今的"80后""90后"吧），对继承遗产也不怎么感兴趣，认为"在巨富中死去，是一种耻辱"，更崇尚白手起家，通过自身的努力实现自己的富翁梦。

读到这里，联想到季羡林和侯耀文两位大师去世后，他们各自后人间发生的遗产纷争，以及网传大学生"小谢"们关于"白毛女该不该嫁给黄世仁"的争论，我产生了"复杂的美国"的感叹。

（2007年6月初稿，有删改）

不可或缺的磨难历练

继北川农办主任董某自杀身亡之后，最近，再次出现北川县委宣传部副部长冯某自杀的悲剧。冯某的博客因此万亿点击，引发博友、网民和世人的深思。

对此事件，大家看法各异、说法纷纷。因为，仁者见仁，智者见智，古就有之，不必强求。毕竟每个人的心境不一样，所站的角度不一样，或思考的深度不一样，当然结果会不一样。

据网议，冯其实是真算得上半个才子半个重情之人的。

从记录着他过去生活工作点滴的他的博客的字里行间，完全能深切地体会到他曾经对生活的热爱。但这一次，他却无法承受巨大的丧子之痛，选择了逃离悲伤，去天堂与爱子团圆。我想，假如把他比作是一只蝉的话，他的死好比就是一次蝉蜕吧。当然，生物学家又告诉我们，蝉的生命注定是比较低级的，所以，这样的蝉蜕自然也就是一种不够十分高级的选择。当然，有必要作一个申明，我这样说，绝对不是有意亵渎他的亡灵。

人生不如意十有八九。

唐诗人李白曾在《宣州谢朓楼饯别校书叔云》中有云："人生在世不称意，明朝散发弄扁舟。"诗人感叹：人生坎坷，竟然如此不称心如意，还不如明天就不戴冠簪，舒展着头发，乘上一只小船，在江湖上自由自在地漂流。

不管顺境中欢畅还是逆境中挣扎的人们，谁又会晓得我们的明天、一小时之后甚至一秒钟之后会发生什么呢？如果灾区的人们能预测黑色的"5·12"会发生8级地震，还不早早逃离这里？还会在这坐等灾难的降临？所以，我一直以为，我们固然应该不断地追求更加美好的生活，但，我们其实又不缺美好的生活，关键是怎样去看待今天的生活是否美好。

很多自小到大在一帆风顺的环境中成长、没有经历过曲折和风浪的人，看到稍有些社会阅历、稍有些事业基础和经济基础的人工作和生活得比自己好，时时感叹上帝的不公，总希望一夜之间能诞生一个奇迹，改变他所认为的窘况。尤对现在的"80后""90后"们而言，缺什么呢？我以为，是缺清苦或者艰苦生活甚至磨难的历练。

为了儿女的教育，我始终坚持我的这一不为多数常人所理喻的观点，甚至曾因此引发家庭矛盾，但我并不轻易改变。因为，清贫生活与苦难的历练或许正是帮助我们战胜困难、走出逆境的人生宝典。

　　正如巴尔扎克说过的一句话：苦难是人生最好的老师。现在，我们生活在这个美好的时代，当然不应该再让孩子们遭受太多的苦难。但人生应该多经历一点。经历，也是一种财富。愿我们都来给自己的儿女一些磨难教育，培养他们健康完善的人格、成熟阳光的心态和在磨难中的坚持坚守，使他们人生路上的某一天，即便遭遇苦难、陷入逆境，也能够坦然地去面对，能够顺利走出暂时的阴霾。

（初稿于 2009 年 3 月）

说 理 想

很久很久以来，一直就想对"理想"二字发发感叹。

不过，有必要事先声明，我可不是一个思想过于保守、故意与时尚作对的人。我固然知道，相对于眼下众多少男少女们张口就来的"耶""晕"和"DieDi""MaMi""TMD"等时髦和网络流行词汇，"理想"这个词，已不仅仅是不够流行、太过于老套，而是差不多快淡出了人们交流的语汇，甚至可以说，已没多少人再愿意说她出口了。但，这个我们从小认为十分崇高且无数次在作文本上誊写过的字眼，几乎如影相随，陪伴和支撑着我们这代人成长。

譬如说，我在作文本上曾写过，我将来要当科学家、解放军，甚至工人叔叔，等等。我记得，在那个时代，每树立一个新的英雄和榜样，就会激荡一次自己幼小纯真的心灵，几乎立马就会重新调整一次自己的理想。现在想来，常常禁不住独自哑然失笑。

后来，稍长大些，心灵不再如懵懂少年般纯洁。

　　记得，那时见到乡里（当时叫人民公社）供销社的营业员（男的个个白白净净，女的个个如花似玉）十分神气抖抖。只要有他们家什么沾亲带故的人去买东西，是从不需要排队的。但，倘若是他们不认识的普通老百姓去挑选个什么东西，要规规矩矩排队不用说，你即便是想多瞧几眼，或者是稍微掏钱掏慢了点，你都会换来一阵呵斥，诸如"不想买就别看""看什么看？只看不买的一边看去"之类。还有，到食品站（一个计划经济时代专管杀猪卖肉的单位）砍肉也是一样，吃得肥胖肥胖的杀猪师傅，也毫无例外的全都神气得很。于是，我又有了"长大当个营业员"的理想。

　　又后来，又长大了些，我等渐渐明白，除了科学家之类的，也还有许多虽不及科学家、发明家那样令人尊敬、流芳百世，但却比供销社营业员和食品站杀猪师傅好得多的职业和工作。从那时起，自己将来能不能当上科学家已不十分紧要。因为能区别"吃农村粮"和"吃国家粮"之分了，所以，能跳出"农门"，吃上"国家粮"，有一份不用如父辈那样辛苦劳作的固定工作，便成了自己新的理想。

　　为了这理想的实现，自己开始发奋读书。恰好在这时候，继1978年恢复高考，1983年又开始允许初中毕业生直接报考中专。这意味着什么啊？那时，大中专大中专，大学、大专和中专都统称大学生了，毕业出来都是吃国家粮包分配工作的了。这挡不住的诱惑，让正临近初中毕业的我等农村孩子，几近欣喜若狂。不容思考，不容跟家里的大人们商量，就把自己的人生目标定格在初中毕业报考中专。为此，我初中的班主任熊老师做我的思想工作，劝我好好考虑一下，并且打电话给我父亲，让父亲动员我留下读高中。我当时是毅然选择，就读师范。这目标一定，就让我抬脚走进了一个师范学校。尽管自己并没有认真想清楚，是否真的喜欢一辈子当一名乡村小学教师，那是1984年。

走进中师的第二年，自己就有些后悔了。觉得按自己的学业成绩，倘若不考中师读高中的话，考个正儿八经的大学应该是没有什么问题的。可事已至此，后悔又有什么用呢？好在自己是个不甘放弃的人。我把从每月五块钱的零用钱中节约下来的一块两块甚至三块钱，全用来买了书。那时正好开考自学考试，我二话没说就去报考了两门，边读师范边参加大专自学考试。

毕业后，我被分配到某个镇上一个规模较大的中学当了一名老师。客观地讲，那时的条件实在太艰苦。每人分一间房子，每月只五十六块五的工资。学校校长还算比较开明，我们一报到上班，就吩咐财务室让我们同时分配去的七个年轻老师每人借了300元，名曰安家费，其实大家都拿这钱到镇上供销社花260元买了辆自行车。然后，从第二个月起，每月扣30元，足足还了将近一年才还清。不久，赶上工资改革，少得可怜的月工资开始一步一步往上加。再后来，调动工作、改行从政，租房子、分房子、换套房，调动岗位、变换职务，下派基层、调回县城……弹指一挥间，又走过了人生最最美好的 21 年，年已过不惑。

如今，房子、收入，事业、家庭，等等，一切的一切，与自己少年时的期盼早已不可同日而语，然而，扪心自问，自己是不是就完全如愿以偿、觉得心满意足了呢？我发至内心地讲，没有。

就拿房子来讲，在一个功能比较完善的小区里，三房两厅，130 平米，与最初的一间房子比，单是面积就差不多相当于那时的九倍十倍，但现在仍有遗憾，我总觉得还少了一间真正意义上的书房（因为现有的书房偶尔还要为女儿寒暑假回家开一个铺）；又如收入，记得十多年前，我曾说过"假若让我每月有 1000 元工资，我觉得足够了"的话，现在，月收入早超过两千了，但有时候还是觉得钱不够用；又如职业，或者干脆讲职务吧，不用说再去当营业员，恐怕再被调去主管营业员的单位任职，都会觉得自己太冤太亏。

我有时想，假若再给自己一幢别墅、收入提高到年薪 10 万、自己再被放到更高的位子上，我是不是就真的觉得满足了呢？我不敢说"Y"。因为，理想总是在不断尝试和修正的过程中才得以圆满，如哲人所说，永远没有最高处。

所以，"理想"是什么呢？我其实还是不知道。

在这个晚秋之夜，我端坐在电脑桌前，边随心所欲地"放映"过去，边敲打着键盘，写下这段似乎文不对题的话，聊以释怀。

（初稿于 2008 年 10 月 25 日）

瑶族婚俗拾趣

(山茶花/田日日 摄)

　　瑶族，作为中华民族大家庭五十六个民族的其中之一，在社会变革的历史长河中，既与汉族等各民族相互影响、相互交融，又积淀形成了自己鲜明、浓郁、独具风情的传统习俗，特别是婚嫁习俗。当然，因族之支系以及所在地域等的差异，族内又各有特色，但婚嫁形式无非还是以嫁女和招郎（男子入赘到女家，俗称"倒插门"）两种为主，且大致都要经历求婚、订婚、嫁娶、回门等几个主要过程。

"求婚"，即瑶哥瑶妹通过对歌或者他人介绍认识，互相往来，情投意合，互赠信物后，便禀告父母，请人到对方家求婚。"订婚"，就是双方交往到一定程度，娶方先将自家孩子的生辰年庚去与对方合"八字"；若"八字"相合、互不相克，双方共定吉日送定礼订亲，俗称"下定"。即将鸡、鱼、肉、礼物等送到对方家，媒人及双方长辈在一起，确定聘礼（粮肉、服饰、银器）数额、置办物什、赡养义务等等事宜。

"下定"之后，即视订婚成功，也就意味着双方很快就要完婚了。在嫁娶之前，娶方要给嫁方送一次酒肉、银饰和礼金，谓之为"行过茶礼"，也叫"送日子"。意思是说，年内的某个吉日即要结婚。

若是嫁女，女方家在女儿出嫁前一两个月，就要着手置办嫁妆。待嫁的姑娘就不再做农活和家务活，只做针线活，一门心思准备自己的嫁妆，俗称"坐离娘月"或"坐姑娘"。女方亲戚依次邀请姑娘到家做客，以示惜别。姑娘则要给这些亲戚中的长辈和小孩送上自己亲手做的布鞋，以答谢亲戚们对自己自小到大的关爱，俗称为"吃鞋子饭"。这期间，村寨中的姑娘们，也会轮流来陪伴，一边帮着做针线活，一边相互诉说姐妹情谊。

出嫁前一天，女方要做"嫁女酒"。接了"日子"（接收了男方送的礼和送亲邀请）的亲戚朋友是必定会要来相送的。那天晚上，姑娘开始"哭嫁"。姑娘与母亲、姑姑、姨娘、嫂嫂们哭成一团。姑娘以哭的形式，表达自己被嫁出去的恋恋不舍，感谢父母长辈的养育和关爱之恩，劝慰父母保重身体，央求父母不要嫁女如泼水，恳请嫂嫂多替慈母"起早火"，规劝哥哥弟弟多帮老父做农活……等等，母亲等长辈则在哭嫁声中教诲女儿，做贤妻良母、相夫教子，尊敬公公婆婆和兄嫂，要把自己当成婆婆的女，要把婆婆视作自己的娘……总之，内容是无所不包。哭嫁时，哭到谁的面前，谁都会递上一个红包，俗称"哭嫁钱"。哭嫁之后，就是"坐歌堂"，大家继续互唱"情歌""劝歌""送歌"。出嫁当天凌晨，天一亮，姑娘和姐妹们又还要哭唱一番，名曰"辞行歌"。早宴后，姑娘梳妆打扮好一阵子。只等唢呐、锣鼓、鞭炮齐鸣，男方接亲的小伙子们将嫁妆抬出来一字排开。姑娘的舅舅或哥哥来到闺房里，将姑娘从其姐妹们中"抢"走，背着来到厅堂，俗称"背新娘"。待司仪在神龛前点香烧纸、敬茶敬酒，祭祀一番后，姑娘拜别祖宗，继续由舅舅或哥哥背着走出大门八丈、十丈，意思是，嫁出去的女不再占娘家的天和地。然后，伴娘为新娘子撑起红色的"辟邪伞"，由抬嫁妆的迎亲队伍和乐队敲锣打鼓引路出亲。送亲客少则几十人，多则上百人，多是至亲及一群好姐妹，一路慢走在后。步行送亲时，遇到过河过桥，即使新娘能自己走过或跨过，舅舅或哥哥照样还会要背新娘一段，意思是说，虽然姑娘出嫁了，倘若生活中遇到了困难，娘家人不会旁观不管。出亲队伍行至新郎家附近时，男方婚礼主持人率乐队迎接，鞭炮齐鸣。来到新郎屋前，送亲队伍要停留在大门口，待伴娘帮新娘子洗脚换上花布鞋，男方将一只大红公鸡杀了，围着新娘伴娘滴血一圈（意为斩邪除妖）后，再陪着新娘子进到堂屋里，与新郎一起向着神龛和端坐高堂的父母，行"拜堂"婚礼。

一般的拜堂仪式是，一拜天地，二拜祖宗，三拜亲家，四拜上客，五拜男方长辈，最后夫妻对拜。新郎新娘向客人行敬茶敬酒礼，再同饮交杯酒。然后，由乐队引导，一对新人进入洞房。

拜堂仪式结束后，婚庆酒开席。双方客人相互敬酒，一轮一轮又一轮，从中午到晚上，号称"三十六台"，通宵达旦。进行到高潮时，还会对唱瑶歌、跳长鼓舞，歌声掌声喝彩声，与劝酒声夹杂在一起，此起彼伏，瑶寨一派欢腾。

结婚后的第三天，新娘子要同新郎（从此时起被唤作"新姑爷"）一道，礼恭毕敬地挑上满满的一担鸡、鱼、肉、糯米糍粑和其他礼物，回娘家省亲，俗称"三朝回门"。能获得新姑爷新娘子分送的糯米糍粑的亲友，隔年正月，等新姑爷新娘子回娘家"拜新年"时，是一定要很体面地接新姑爷新娘子吃一餐饭的，俗称"请新客"。至此，一对新人的婚嫁礼数才算圆满结束。

（2010 年 10 月入编《双牌文史》第五辑）

磨难童年

多少次，回想起了自己童年时候的一些往事，但一直都是断断续续的。如今，想着要将她们用文字记述下来，是因为这段时间终于有了些闲暇。

记忆之一：无意之中被鸟铳伤及双脚

我老家盛产茶油。每年霜降前后，便是采摘油茶籽的季节。那时，还是大集体的时候，生产队统一组织采摘之后，多多少少总有些油茶籽，隐藏在油茶树的枝叶间，没有被社员们发现的。于是，出集体工后的休息时间，家家户户的大人、小孩就会去搞"小秋收"，将被遗漏在树上的茶籽采摘回来，俗称"捞茶籽"。

在我不满三岁、刚好蹒跚学步时，父亲已响应国家精简干部的号召，从区里"下放"回农村担任村里（那时叫生产大队）的支书。大概是十月间的一天中午，祖母正在家里喂我吃饭。不怎么安分的我，一边细嚼慢咽着含在嘴里的饭，一边满屋子乱窜。这时，家里突然来了隔壁村的两位"守山人"（被生产队里安排去守护集体山林的人），各人还扛着一把鸟铳。他们将两把鸟铳靠着木制的堂屋壁子放好落坐后，便只顾着向父亲反映事情去了。说是发现我村社员有借"捞茶籽"之名，到他们村的油茶林里偷摘茶籽的现象。为避免发生纠纷和鸟铳伤人，请求父亲安排大队干部去处理。就在他们谈话间，我窜来窜去震动了木质的堂屋壁子，两把上着膛的鸟铳跟着倒地了。"砰、砰"，随着两声巨响，我倒在了硝烟和血泊之中。因为当时年纪太小，具体细节绝对是记不得了，只在记忆之中还有些模糊印象罢了。自己当然是好一会儿之后才知道痛、才晓得哭的。后来，又听大人讲，当时村里、家里乱作一团：乡亲们以为又是谁用炸药雷管在河里炸鱼了呢，纷纷跑到河边去捡鱼，等发觉并不是那回事之后，才又跑到我家帮着救我。大人们把家里放在二楼的老南瓜切开，掏取出里面的瓤，敷在我那两只被烧去脚后跟的小脚上，用以止血止痛。两个外村的"守山"人也吓得要死，生怕吃眼前亏，竟借故上厕所点燃了我家的茅厕。他俩趁乡亲们忙着救人又救火的慌乱之中，赶紧钻进村外几千亩连片的甘蔗地里开溜。当时，父亲在家乡的威望特高，他们哪能跑得脱哟，还没等父亲发话，早就被找了回来，被乡亲们捆在一张凳板上。直到当天晚上，由那隔壁村的大队干部赶来做出一番承诺，才将那两人接了回去。至于那两杆惹祸的鸟铳，我后来还在家里老屋的楼上看见过。

我在县里医院里，大概诊了好两个月吧。我一边治伤，一边母亲也十月怀胎生下了三弟。据说，就是因为弟弟出生在街上（老家人把镇上、墟上叫"闹子"，把县城叫街上），生下来后乳名被叫作"老街"。那段时间，几乎都是祖母陪伴着我的，住院时吃得最多的是莴笋。所以，长大后，我对祖母的感情很深很深，对莴笋也格外喜欢，曾有些夸张地戏说"见了莴笋如见命"，直到现在都是如此。

还记得，十四五岁时候的一个暑假，我搞勤工俭学，骑着自行车拉着冰棒箱，到隔壁的一个村里去叫卖。闲聊中，一位老婶娘获知我是哪个村的人以后，便一个劲地向我打听某某（我父亲的名字）及他家里特别是他二儿子的情况。我当时并没有道明我就是他所问及的人，只是在心里觉得很奇怪。回到家后去问父亲，他告诉我，那人可能就是把我脚打伤的某个"守山人"的妻子，我才恍然大悟。原来，那两家人还一直关心着我是否留下了残疾呢。

晃眼之间，三十多年过去了。值得庆幸的是，我的身体健康得很。不过，在我的左脚脚后跟的肌肉里，至今仍还留有两粒当时没有取出来的鸟铳铁砂子。一粒在肌肉较深处，一粒就在皮下，都触手可及。曾有几次动了念头，想动手术把它们取出来，但一则觉得它们已经成为我身体甚至生命中的一部分，似乎有些不舍，况且并无大碍，二则也算是我人生一段难忘经历的见证，所以，也就任它们留在那里面了。

我的生命，在来到人世不到几年，就差点因为父亲担任了一个小小的大队支书而消逝，现在想想都觉得十分可怕。但是，我也因此而更觉得父亲的可敬。特别是我调到一个乡镇任职后，对那里的村干部都格外地看重和关爱，或许，跟我有这样一次经历有关吧。因为，他们大多都跟我那当了一辈子"村官"的父亲一样，平凡但默默地奉献着。

（注：因为腹部长有一个皮下脂肪瘤，2012年10月住进医院动手术切除，也顺便把留在脚上的那两粒鸟铳铁砂取了出来。我特意叫主刀的大夫帮我把它们留下，用一小瓶药水保存起来置于书架，留作纪念。）

记忆之二：挖蚯蚓时被掛耙挖了脑壳

小时候，家里每年至少都要在三月和五月里买两群鸭仔仔回来养，以供家里来人来客和过年过节时杀了吃。清早放鸭下河觅食、傍晚赶鸭回家进笼、放学回来挖蚯蚓喂食等一应的事情，自然就成了我们小孩子的光荣使命了。

大概是我四岁那年春上，我还扛不起掛耙（像西游记里猪八戒手里的把式那样的一种劳动工具），大人们是不准我单独去挖蚯蚓的。但是，我却觉得这是一件很有趣的事，老是喜欢跟着大我三岁的哥哥屁股后面跑，争着要帮他提装蚯蚓的竹筒。而哥哥一般都是极不情愿地带着我的，因为，在他看来，我不仅不能帮他做事，还会碍他的事。出于怕大人骂，才在不得以的情况下带上我。

一天，哥哥扛着掛耙，我一手提着竹筒一手抓着一双竹筷，乐癫乐癫地跟着他，到村头的围子里挖蚯蚓。他弯着腰挖，我就蹲在他脚边上，从他翻起来的土块中翻来覆去地找。有时候，蚯蚓夹在土块小洞中，只会露出一点点头或尾，我还得用竹筷将土块戳烂，才能把蚯蚓夹进竹筒里。经常是挖的人没看见蚯蚓，而夹蚯蚓的人却看见了。

我的那次出事就是这种情况。

哥哥一掛一掛地正挖得起劲，我找得也特别认真。就在铁掛耙挖下去收回来，紧跟着一掛又要挖下去的那一瞬间，我突然看见一条蚯蚓在土块里蠕动，生怕那蚯蚓从我的眼皮底下溜走似的，喊了声"哎！哥，那还有一条"，话没落音就飞快地凑上前去夹它。哥哥并没有料到，只顾着扬起掛耙往下一挖。这时，铁掛耙那五根锋利的掛齿没挖到土里，却挖到了我的后脑壳上。而且，由于一掛子下去用力太猛，铁齿挖进头顶与颈部之间的肉里，竟然一下子取不出来了。兄弟俩一个痛一个急，都被吓得大哭起来。直到这嚎啕的哭声引来了村里的大人们，让他们费了好大的劲，才把铁掛齿取下来。大人们手忙脚乱地帮我止血、包扎，还请来草药医生帮我敷药……至于用了多久才治好，不知道了，也不重要了。那次，尽管伤得不轻（医生说，伤的地方倘若再稍微往上一点，我可能就一命唔呼了；直到现在，我颈脖子上还留有几个大大的疤痕），最终，我还是侥幸地躲过了一劫，但是，哥哥却没能躲过父亲的一顿痛打。

记忆之三：学游泳溺水险些送了命

我的老家住在潇水上游的河岸边上。在河里划船游水、抓鱼摸虾捡螺蛳，对老家的男女老少来说，不过是家常便饭而已。所以，几乎难隔三年两年，就会发生因下河洗澡而淹死人的事，这差不多是见怪不怪了。正如有句老话说所的，"河边奶仔不怕死"。每年端午节过后，河水稍一转暖，大人、小孩照样会迫不及待地下河洗澡去。我是六岁那年夏天开始学游泳的，有一次，我就为此再次差点送了命。

那天中午，伙伴们都早早地吃过中饭，趁还不到村小学打铃上课的时间，就一起跑到村子码头边洗澡去了。年纪稍大点、晓得游泳的那些人，有的比赛看谁游得远，有的比赛看谁"扎迷子"（潜水）扎得时间长，有的一边洗澡一边摸螺蛳和扯丝草（一种水生植物，可供做鸡鸭和猪的饲料）。几个年纪较小、还不会游的人，只好在岸边水浅的地方，慢慢地学着游。我则从停泊在河边的一只木船的舱里，搬来一块舱板，让它漂浮在水面上。哥哥在水深处"扎迷子"扯丝草，我呢，双手把靠在木板上，两只脚不停地踢打着水面，一边学游泳，一边以木板当工具，为哥哥装运他扯上来的丝草。就在这忙来忙去、玩得开心的时候，我一不留神让船板从手中滑脱漂走了，身子和头猛然沉到了水里。我心中一着急，手脚开始慌乱起来，下意识地一阵乱动，口中一下子呛了好几口水。

那地方离岸边其实并不很远。在慌乱中，一种求生的本能，驱使我不停地从水中抬起头来，我看见岸边码头上的几棵大苦楝树和沙糖果树下，坐着好些个一边端着碗吃饭、一边歇气闲聊的大人；身边也有好多平时的伙伴，像没事一样开心地嬉戏。因为人小没有那么大的气力，我的头只能抬出水面瞬间，瞬间之后又沉了下去。又因为身子是俯在水里的，嘴淹没在水中，我虽不停地喊"救命"，别人也无法听见我那断断续续、很是弱小的声音。这时，哥哥"扎迷子"浮出水面没看到我了，环顾四周大半天，还是找不到我的踪影（水里那么多同样是光着身子的人，是不轻易分辨出哪个人来的），也急了起来。因为我在挣扎中，一直能听见哥哥在"老田、老田"地不断喊着我的乳名。他每喊我一句，我虽然都迫不及待地大声地应答着他，但他是不可能听得见的，甚至我的回答，是连我自己都听不见的，只能看见一窜窜气泡从口中出来，滑过脸颊两边冒出水面。我带着强烈的求生欲望（其实，这种感受，只有那些真正受到生命威胁的、即将死去的人才会有），如此这般拼命地挣扎，却丝毫都没能引起旁人的注意。因为，在别人看来，我不过是在学游泳而已。当时，我已经绝望了：完了，完了，该怎么办呀，难道我就这样子死了吗？想着想着，就什么也不知道了……

当我发觉自己依然活着的时候，已是当天下午三四点钟的事了。

后来才知道，哥哥拼着命喊我的乳名找我，喊了好长好长一段时间还不见我的人影之后，急得哭起来了。这时候，一个叫"余狗"的我的堂哥，听到我哥焦急地喊我时，才发现有个人半沉不浮地漂在他身边，伸手动了我一下，见我不动弹了，一边应了我哥一句"你毛毛（'弟弟'的意思）在这儿呢"，一边与哥哥一起把我抱上了码头。岸边歇凉的大人们发现有人溺水了，一下子都围拢过来救人：有人将我翻过身子想把呛到我肚子里的水倒出来，有人回家拿来大扒锅让我扑在上面，欲把我肚子里的水顶出来，有的压胸扯手、帮着做人工呼吸，也有心急的人跑着去我家给父亲母亲报了信。一直忙到我父母赶到我身边，都没能把我救活过来。父亲、母亲还有奶奶，哭天喊地自是不用说的。这时候，不知是谁扛来了一把木梯子，大家手忙脚乱地将我抱起来，将我呛满了水、涨得大大的肚子抵在木梯子细细的横档上。因为受力集中，我肚子里的水竟被硬挤了出来。再又是一阵人工呼吸之类的忙活，慢慢地，我的脸色由青由紫开始转白转红，接着，眼睛也慢慢睁开了，我又奇迹般地活过来了。我哥哥呢？不用猜你都会知道，又少不了地挨了父母亲的一顿狠揍。

　　其实，人生最无忧无虑的时光应该是童年时代。我的童年，自然也少不了会有许许多多欢乐的记忆，但是，更让我不能忘却的，还是上述几次可以称其为磨难的经历。

　　经常有听人说，"大难不死必有后福"。这样的老话迷信话，我自不会信。我只是觉得，它们让我深切地体会到了生命的脆弱、亲情的可贵、幸福的含义甚至人生真正的意义，等等，很多很多。最起码，让我在从那以后乃至从今往后的日子里，变得越来越刚强、越来越豁达和懂得知足。

（初稿于 2007 年 10 月 6 日）

真爱永恒，深情不变

——偶读"小兔与妈妈的对话"

国庆节，又一个长假。

虽然一直想出去走走，但一想起外面特别是旅游景区人山人海的，心里就发怵。所以，最终还是闲在家里。除了在家陪陪亲人，与朋友聚聚会，上上网，偶尔帮着做点家务，更多的时间就是读读书。

期间读到了一篇散文诗，其中，有描写一只很想离家出走的小兔子与兔妈妈的一段精彩对话很有意思：

小兔子对兔妈妈说："妈妈，我要走了！"

妈妈说："孩子，如果你走了，我就去追你。"

小兔问："为什么呀？"

妈妈说："因为你是我的小宝贝呀！"

小兔说："如果你来追我，我就变成河里的小鲤鱼，游得远远的。"

妈妈说："如果你变成河里的小鲤鱼，我就变成捕鱼的人去抓你。"

小兔说："如果你变成捕鱼的人，我就变成高山上的大石头，让你抓不到我。"

妈妈说："如果你变成高山上的大石头，我就变成爬山的人，爬到高山上去找你。"

小兔说："如果你变成爬山的人，我就变成小花，躲在花园里。"

妈妈说："你如果变成小花，我就变成园丁，每天给你浇水，每天看着你。"

小兔说："你如果变成园丁，我就变成小鸟，飞得高高的。"

妈妈说："你如果变成小鸟，我就变成大树，你飞累的时候就可在我身上休息。"

小兔说："如果你变成大树，我就变成小帆船，飘得远远的、远远的。"

妈妈说："如果你变成小帆船，我就变成风，把你吹到你想去的地方。"

小兔说："如果你变成风把我吹走，那我就要变成小男孩跑回家了。"

妈妈说："如果你变成小男孩跑回家，我原本就是你妈妈呀，我正张开双臂等着抱你呢！"

非常非常的喜欢这篇散文诗。

我已是一对儿女的父亲。随着孩子们慢慢地长大，经常会有类似这样的经历。所以，我曾经在一篇叫《经历"代沟"》的小文中写过这样一段话："家长巴不得钻进孩子们的心旮旯乃至毛细血管里去看个究竟，管它个'纵到底横到边'，而另一方呢？却巴不得挣脱爸爸妈妈手里牵着的那根细绳索，哪怕成为一只断线的风筝，哪怕飞到天涯海角，飞到高空云间。"很多孩子抱怨爸爸妈妈的"关怀"让他们透不过气来，他们宁可不要，所以，才会象小兔子那样，挖空心思、想方设法去挣脱爸爸妈妈的束缚。而众多的为父为母者，则感叹如今的孩子是把父母的好心当成了驴肝肺。

其实，这更多的只是一个交流方面的问题。

作为家长来讲，手中那根线当放的时候就放吧。孩子终会长大，小鸟总归要飞翔。当"小兔"要变成小帆船飘得远远的时候，不妨像散文诗中的兔妈妈那样，让自己变成一阵清风，把孩子吹到他想去的地方。此时此刻，妈妈不再是唠唠叨叨、管束孩子的人，而是帮助孩子实现梦想的好朋友。而对所有的"小兔子"们，也不妨再送上几句散文诗：

妈妈是什么？/妈妈是"当孩子想得到一捧浪花而舍得送给孩子整个大海"的那个人。/妈妈还是什么？/妈妈还是"当孩子想得到一缕春风而舍得送给孩子整个春天"的那个人。

真的，永恒的是真爱，不变的是深情，不管世事如何变迁。

（于 2007 年 10 月国庆假期）

游戏"偷菜"

最近发现，腾讯 QQ 开发的 QQ 农场游戏风靡一时，几乎让所有的所谓白领人（或者换句话表述，所有能接触电脑网络的人）都卷入了其中。每个人都各自在里面扮演一个农场主的角色，在自己"农场"里种植各种各样的"蔬菜"和"水果"，玩起了圈地、耕耘、播种、浇水、施肥、除草、杀虫、守护、收获等全过程的农活新体验。其吸引人的关键点在于：自己所种的蔬菜和水果成熟之后，若不及时采收，就会被"菜友"偷摘……于是，数百万数千万（大概吧，无法统计）"种菜人"和"过路人"，每天都在"偷"与防"偷"中乐此不疲。为了自己农场免遭偷窃或到他人农场过把偷瘾，据说，有的人连"生物钟"——作息时间表都根据"农作物"生长规律而发生了变化，甚至还有列出时间表调好闹钟半夜起床"偷菜"之类的举止发生，几近痴迷和疯狂。"你'偷'了吗?"成了眼下朋友见面的时尚招呼语。

我是无意之中被我的一个"80 后"女同事拉进来玩这游戏的。准确地讲，最初，正如读高中的儿子见我玩这游戏时戏谑我所说"你也玩这小儿科游戏"那样，我确实觉得这纯属百无聊赖时的一种打发时光。但是，玩了一天，竟然不忍放弃。

其一，它勾起了自己往日时光的回忆，让我想起小时候在家帮父母打下手种菜和挑菜到集市上去卖的情景，更加坚信"人勤春更早"和"天道酬勤"这个道理。

记得自己刚参加工作那会儿，在乡下一个中学教书，虽是快乐的单身汉，但收入低、开销大，就每月 56.5 元的工资，可一个月光在食堂的伙食费就要 10 多元。待结婚生孩子后，手头更是拮据得要死。为了补贴家用，在校园的旮旯里见缝插针地找些空地种菜，挖地挖得手掌出血泡、从山上砍回小竹子围菜园、从公厕里挑粪便施肥浇菜（那时虽说不上帅，但也是个刚好 20 出头的小伙子，大白天挑着一担臭气熏天的粪便走过

女学生身边，那总是很有些难为情的事)、大清早起来捉虫子……等等之类的，什么没干过啊。那些事，当然都远不及现如今在网上"种菜"这般轻松和休闲，但那时候心里依然感到十分惬意快活，且快乐的感觉似乎还不太一样，毕竟，那种收获是那样的实实在在和生活急需。

其二，让自己又多了一个完全放松、给自己心情放假的路径。

我是一个做事过于认真、尽可能追求完美的人，为这，做人做事都搞得自己很累，甚至波及同事和家人。明知道有时候没必要这样，但人过四十，性格已基本成型，觉得凡事若不是自觉自然态，而去勉强为之，反倒不快乐，不如顺其自然，所以干脆以苦当乐。好在我是个坦荡之人，平常要求同事怎样怎样都非刻意苛求，即便是情急之下责怪一番也毫无坏心，绝非有意伤害。了解我之后，同事们对我大多报以宽容和理解，家人更是如此，让我很是感动，对人唯有更加真心相待。记得好像有哲人说过，"任何人都有他的两面性"。我不知道这话最终到底对不对，但一旦能避离现实生活，特别是避离了熟悉的人群，赶紧卸下不得已而戴上的面具，让自己放松放松心情、调整调整心态，这已成了我休息的一种极好方式，比如，登陆博客写博释怀，或"斗牌""棋语"，眼下，又多了一个 QQ 农场"种菜"。有如那些端坐在宽敞明亮的写字楼里当着高雅时尚白领的"丽人"们和诸多公众人物、当红明星，白天无不光鲜照人或正儿八经，夜晚则大多换上一种截然相反的面孔，在酒吧或娱乐场所里舒缓地展现另一种行为方式一样，以期在紧张的工作与生活节奏里释放释放自己绷紧（掩饰或伪装）或压抑的情绪，偷得半日闲暇，得一时之轻松愉悦，或许情同此理吧。

不过，网络游戏终究只是虚拟的游戏而已，现实生活才是最最真实的。

在这思维和生活方式多元的时代，若再千篇一律地强求人不"偷菜"甚至不游戏，难免会让人不由自主地想起清一色穿军装的年代，与当今五彩斑斓的美好生活岂不是大不相宜？但是，为之那般痴迷，恐也大可不必。

玩了这几把，我体验了这"偷菜"的滋味，顿生点滴感悟。胡乱涂鸦几句粘帖于此，但愿"菜友"们适可玩之。

【"游戏"语录】

■ 想让狗干活，又不想给狗喂食，是不可能的；

■ 有些时候我们期待着有人来搞一点小事端，从而获得想要的经验；

■ 不遵守时间是要付出代价的；

■ 任何活动都是有目的的，不管是促销化肥还是促销打狗棒；

■ 早晨很早就起床，并不是不可能的；

■ 没事的时候多出去转转，总会有意想不到的收获。

（初稿于 2009 年 10 月 5 日夜）

瑶山围山捕猎记

瑶寨山民围山捕猎的故事，听起来令人觉得非常有趣。

每到深秋时节，瑶民最喜欢的活动之一就是集体围山捕猎。因为这个季节，瑶家兄弟种在山里的红薯、玉米或粟谷等农作物，常常受到野猪等禽兽的糟蹋。于是，邻近村寨的瑶族青壮年就相约一起围山，驱赶野兽，保护庄稼。

出发前，他们因袭祖祖辈辈的做法，先集聚在"堂神菩萨"树下，点上几根香，祭祀山神，以示祈祷，然后进行分工。堵卡的猎手都是大家公认的"神枪手"，要先行一步去蹲点守候。再由判断力强、有丰富经验且又身强力壮的汉子，专门负责"赶山"。赶山人领着猎犬搜寻野猪的踪迹，随时将所获情况告知守卡人，边喊口号子边四处追踪。机灵的猎犬一嗅到野猪的异味，就会发出"汪汪"的叫声，向主人传递信息。堵卡布点的猎手根据赶山人和猎犬提供的情况迅速做出反应。他们一个个都弯着腰，双手紧握猎枪，右手食指一刻不离猎枪扳机，屏住呼吸，隐藏在野猪时常出没的卡口处，等待野猪送上枪口。当猎物出现时，"神枪手"不急不忙地瞄好准，对着野猪致命处一扣扳机，"呼"的一声，猎物就会应声而倒。如果碰上体大皮厚的野猪，或因猎手击不中野猪要害处，受伤后的野猪就会凶猛得像老虎一样，张牙露齿，直朝着放枪点吼叫着疯狂反扑，见人伤人，见狗咬狗。有时，受伤的野猪也会没命地逃跑。众人则奋力猛追，或堵截，或搜索，分工合作，人犬合呼，直到打中为止，从不半途而废。野猪倒地后，先赶到的猎手连吹三次"楣筒"（用小杂竹制成的三寸长的竹筒），大家就知道猎物已到手，纷纷从四面八方赶来。第一件事，是认验谁是第一个射中猎物的；待大家公认后，就由他从附近折一根树枝，插在第一枪的枪口上。接着就是，清点人数，大家一起欢天喜地地把猎物抬回寨子。

最有意思的还是瑶家人分猎物。分之前，要先把猎物抬到"堂神菩萨"树下祭供一番。正式分配时，当地有一种不成文的规矩，即在捕猎时，不管你是否参加围山，只要路过现场看见者甚至背在过路者背上的婴儿，也都会"见者有份"。第一个开枪打中此猎物者，可分得四只脚和一腿肉，并有权从猎物身上分出一份给第二个击中的猎手。其余部分则按到场的人和猎犬均分，谁也没有因分享猎物而发生争执。对这种围猎的情景，在刘禹锡、杜甫等名家的诗文中都有"莫徭射禽兽""合围繁钲息"和"莫徭射雁鸣桑弓"之类的生动描述。

　　因为保护生态和收缴枪支，当然还有瑶家青年男女外出务工等诸多原因，如今，这种围猎活动已经很少了，但是，瑶家人特别是那些上了点年纪的瑶寨老人，还很是留恋那种代表年轻与活力的集体活动。因为，这种围猎活动，不仅给他们带来了胜利的欢欣喜悦，同时，也磨炼了瑶家人团结奋斗、战胜灾害的气质和意志。

【点击链接】

　　刘禹锡《腊日观莫徭猎西山》诗曰："海天杀气薄，蛮军步武嚣；林红叶尽变，原黑草初烧。合围繁钲息，禽兴火旆摇；张罗依道口，嗾犬山上腰。猜鹰虑奋迅，惊鹿时踯跳；獐云四面起，腊雪半空消，箭头馀鹄血，鞍傍见雏翘；日暮还城邑，金笳发丽谯。"

　　注："莫徭"、"蛮军"均为旧时对瑶族带有民族歧视的侮辱性称谓。

　　　　　　　　　　　（原发表于 1994 年 3 月 2 日《华侨时报》二版）

神圣的瑶家火塘

生活在双牌境内特别是上梧江瑶族乡的瑶族同胞，几乎每家每户都有一个十分神圣的火塘。虽然，它仅仅是用木块围成个五尺见方的四方形或者半圆形，其中一方紧靠墙壁，中间立了个三脚铁撑架而已，但它在瑶家人心中，却是神圣而不可侵犯的。

瑶家人口耳相传，火塘里驻守有保佑家人的"火塘神"（又被叫着"火塘姑娘"）。未经主人许可，一般

（图片来自网络）

的客人是不能随随便便靠近主人家的火塘的。就算是受邀去围火塘而坐的人，也断然不可随意拿着东西敲打火塘里的三脚铁撑架，更不能从撑架上跨来跨去或将脚踩到撑架上去。倘若有人竟敢如此无礼，主人会一改热情和气的脸色，很不高兴，甚至会火冒三丈，用吹火棒或铁火夹将他赶出家门。

连主人自己，平时也不得乱动火塘或在火塘边言行不规矩的。即使是清扫炉墨垃圾，也非要等到农历腊月二十四日才能动手，否则，就是冒犯了火塘的神圣。

据老人们讲，每年腊月二十三日到三十日，正好是"火塘姑娘"一年一度回娘家的日子。二十三日这天，瑶家人户户都要摆出上等的谷雨茶和糖果之类，祭祀火塘姑娘"探家"；然后，鸣炮为她送行，俗称"送灶皇"。"灶皇"送走之后，才可清扫火塘。大年三十则是迎接火塘姑娘回家之日。这一天，主人也照常要摆上祭品去恭迎。

瑶家人把"火塘神"看作是一家之主。因此，瑶家的阿哥阿妹一旦婚配成家，很快就要分家另立火塘了。在瑶家人心目中，这是件极为重要的事情。先是选定吉日良辰。到了那天，天刚刚亮，父母会早早地起来烧旺家里的火炉，然后，由男主人摆上茶果恭敬"火塘神"一番，分户的小两口才从爸妈的火塘里引出火种，旺旺地燃起新火塘。自此，火塘永不熄灭，象征着新的美满生活从此开始，瑶家的香火血脉永续不断。在瑶家，似乎还有条不成文的规矩，那就是，新火塘的铁撑架和大铜锅要由阿妈赠送。意思在于，晚辈们每天用着阿妈送的撑架、铜锅，会时时记着父母的恩情、想着报答父母的恩情。

分家另立火塘的这一天，更要盛邀舅舅等一应至亲好友前来相聚，吃一顿丰盛的分家饭。新立之家女主人的父母和兄弟姐妹是少不得要来的，贺礼也往往比别人更丰厚。长辈亲朋聚在一块，边喝着家酿水酒，边说些祝福主人发财发家，劝慰主人敬老爱幼、白头到老之类的话，直到酩酊大醉方归。

从此，寨里的人们也就正式承认这是独立的一家一户。小两口生孩子之后，要背起满月的孩子走亲访友。临出门时，绝对忘不了要从火塘里的三脚撑架上抹点锅墨末涂在孩子的额头上。据说，这样一来，每遇翻山越岭、过河过桥时，自家的"火塘神"就能保住孩子不受惊吓不中邪了。

（初稿于 1994 年 5 月）

斯渡与她的行走坦田

今天清晨，起床后的第一件事，是打开手机，在 QQ 群里点击翻读了文友斯渡转发她自己写的行走随笔《走进坦田》。

斯渡是叶国媛老师的笔名。

我一直很佩服叶老师。但又一直没与她相处在一起过、没相互交流，是暗暗地佩服。一是很久前就"认识"了她，与她有着一个地域上的缘分——我曾经在她的家乡上梧江瑶族乡供职过较长一段时间；二是时不时会在报刊杂志和在不同的微信公众号、微信朋友圈以及 QQ 群里读到她写的文章，在县文联和作协举办的读诗会之类的活动中聆听过她读她自己写的散文和诗。她应该与我几近同龄，起码是同年代人。一个接近知天命之年的知性经典美女，似乎还像那个时代刚走出校园、热爱甚至憧憬文学的小少女。不是？至少总还称得上"文学青年"吧！啧啧啧，难能可贵。在这个越来越浮躁，越来越世俗势利、急功近利的社会时段，一个人到中年、承受着较大工作压力和难脱家庭生活琐事所累的女性，尚能保持内心的那份宁静，依然保持着对文学的挚爱和守望，怎么不难能可贵呢。也许主要是因为她一直就没走出过校园的缘故——她是县二中女教师，她生活的空间是一块还相对纯洁的净土。

其实，在此之前她并不认识我。是这次市县作协共同组织搞活动去采风，我们同乘一车，恰好座位隔得很近，才相互打了招呼、聊了几句，就此算是认识了吧。去往江村访尧和理家坪坦田村的一路上，大家谈兴很浓。但她却很少主动接茬和高声说话，常以微笑附和。更多时候是往车窗外看风景，又犹有所思。我倒是以为，这恰好是她这个年龄时段她这类女性的标配特征。

因为任职单位职能职责的缘故，为了收集整理向省里申报江村访尧村入选湖南省传统村落名录和省级历史文化名村的资料，以及收集整理向国家申报理家坪坦田村入选中国传统村落名录和国家历史文化名村的资料，同时开展保护规划的修编，我先后无数次去过这两个乡村。特别是坦田村岁圆楼，还同时拥有国家文物保护单位头衔。每次去，我都被她那古建筑的精致精美和文化传承的高品位触动过、感动过、震撼过，也确实一直想写点什么，但总是想了想而已。我知道，忙，不过只是个借口，心、情没有专注其中才是真正的原因。

我们今次一起又走进坦田，回来没几天就读到了叶老师写的这篇与静谧的坦田坦水一样至美的美文。我留意了一下网上的记录，是今早 7 点左右发出来的，我想，该不会是她昨晚熬夜之作吧。但是，从文章中反正是读不出熬夜的疲惫，而依然是静如缓缓流淌的溪水、悦如轻轻吟唱的虫鸣。

例如，她在文章中描述岁圆楼"那个立在大门左边的狮头石墩，却又让我从虚实的迷雾里走回现实。'泰山石敢当'，有此一石，在世俗纷扰的大海里岂不有了一种方向性的定力？""这样的季节走进岁圆楼古建筑群，历史的沧桑因了这潮湿的霉味而变得厚重——守望要付出怎样寂寞的代价呢？"这样的思考问询，我觉得，与其说作者发端于坦田岁圆楼，倒不如说是她自己心境的一种无意识流露。像世人读《红楼梦》，每个人读出来的意味都各不尽同。叶老师用执着守望文学、用挚爱守望教育，寂寞的石墩对岁圆楼的守望自然而然也就让她产生情怀的融通。

又如，"近两个世纪过去了，'六如第'里还有什么？建筑的格局尚在，前庭后院，前堂后室，左右厢房，庭院深深，可以想见当年的气派风光。""可是不论怎么说，这耗资巨大的岁圆楼留给我们的只剩一个建筑标本。""岁月会在一头老牛的身上留下一层苍老的绒色，而在田野的身上呢？时光奈何不一方田野，也奈何不了一方青石。"这样的语句，让人读后既愉悦于散文之美，更叹其哲理至深。坦田在数百年岁月涤荡之后留下的传承，究竟带给我们怎样的启迪和思考价值，我以为，这才正是她作为历史文化名村存在的最大意义之所在……

总之，我文笔没叶老师好，自知用自己蹩脚的语汇评论她的文章纯属多余。只是乘兴写下这几行字，以表对她的钦佩和推崇，重点则是第一时间将她很用心用情写下的文章推荐给大家品读、欣赏。

（于 2016 年 4 月 17 日清晨）

向母亲致歉

    这种想法，缘于一次我对母亲的"顶撞"和女儿对我的一次"顶撞"。

    父母生育了我们弟兄四个，可以说，是吃尽了人生的苦头。刚能享受报答的时候，父亲却不幸去世。母亲此后随两个弟弟生活。两个弟弟有一个几十名员工规模的工厂需要打理，兄嫂也远在广东开厂，我又在外地工作，都没有太多时间多陪陪她，加之，母亲对父亲的思念，其内心的孤寂是可想而知的。

    今年春节，我领着妻子回家去看望母亲。一大家子围绕在母亲身边，母亲的成就感自不用说，幸福更是洋溢在刻满了皱纹的脸上。她疼孙子、亲孙女，忙过来忙过去，一下子象年轻了十岁。对我也是左提醒右叮咛，恨不得把她一肚子的话全都灌进我的耳朵里。我当然知道母亲是在疼我爱我，是生怕我走错路，但还是觉得母亲的话纯属多余，便不耐烦地回答："知道了，知道了，不用你操那么多心，我又不是三岁小孩子了"。可母亲却不以为然，她还是在儿子的"顶撞"中一次又一次地提醒我、叮咛我。

我在家里排行老二。早些年，由于条件所限，弟兄几个只有我一个人有机会读书出来，走上了工作岗位。尽管这些年，哥哥和两个弟弟经过奋斗，日子过得比我不知要宽裕多少倍，但在母亲和弟兄们心目中，我至少仍然是他们精神上的依靠。我自以为对他们也不错，特别是对父母。所以，作为回报，每次母亲生病住院，我总是尽一切所能尽自己做儿子的义务。一次，我帮她擦完身，洗了脸，剪干净脚手指（趾）甲，她竟说出一句与她身份（母亲是一位不识字的农村妇女）很不相称的话，"谢谢！"

我猛地一阵鼻子发酸。没文化的母亲什么时候学会讲"谢谢"这个词了呢？母亲为什么对她生她养的儿子也说谢谢？她是觉得在众人面前给儿子丢面子、失身份掉价了？还是需儿子照料，耽误儿子工作，给儿子添麻烦了？父母为儿女们付出了一生一世，而我们对父母的孝敬却是那么的微不足道。可是，就连这微不足道的体贴，也让母亲感动不已。

我想起了最近与女儿的一次谈话。女儿提出想到学校去读寄宿，她妈妈则认为，现在只不过读初一，未同意。为此事，母女俩发生分歧。我也不赞同她读寄宿，她不听，说："爸，我都长大了，你们做父母的，怎么总喜欢要我一切听你们的啊？"

女儿的话让我心头一颤。

　　当时，我对母亲说"不用你操心"的时候，本意只是想告诉母亲，我已是为人父者，她无须再付出（从她身上已不再挤得出乳汁），只管颐养天年就成了。但是，只有爱女一句脱口而出的话才让我觉得，我的那些话（现在想起来，"顶撞"母亲的话又何止那一次?）对母亲的伤害有多大。对母亲的唠叨，尽管在自以为长大成人的儿女们看来，总觉得这爱是多余的，难以接受的，其实呢，是我们不懂得母亲啊。这应了前些年我在北京时看到的一句广告词：我们时时刻刻记得儿女的生辰，却常常忘记了母亲的年龄。当时，我只觉得它是一句很有新意的广告词，现在，我分明感到，它就像是一支痛心的利箭，刺在我们每一个为人儿女的人的心上。我们常常口口声声说敬爱母亲，可是，又有谁真正知道怎样敬爱自己的母亲呢?

　　母亲，我向您致歉。

（初稿于 2001 年 2 月）

情人节的玫瑰花

不知道从什么时候起，中国人也开始时兴过起情人节来了。情人节的主角，理所当然的是被以情人相待的人。而与主角一般重要的呢，肯定是玫瑰花无疑，就像元宵节的灯、端午节的粽子、中秋节的糍粑或者过年的红包。

玫瑰是爱的符号，是情爱股票的代码。情人节这一天，玫瑰成了一块敲门砖、一句托词、一个由头、一支催化剂；或者，她更像一个第三者，在千千万万男男女女手中传来传去。

"2·14"，"爱得要死"。这一天，是花商获取暴利的一天，玫瑰花市的爆涨行情是全球性的。在爱情无价的虚伪的口号下，玫瑰价格指数便不由分说地翻番。据说，在北京，一枝平时卖三至五元的玫瑰卖到九元一枝，意为长长久久；若鲜花上"刻"有"爱""I LOVE YOU"或者受花人名字，那玫瑰花则可卖到80元一枝。

我在网上还浏览到了一则消息，说是情人节那天晚上，上海街头的一个花商，手中拿着一支叫"蓝色妖姬"的名贵玫瑰花，拦住一辆宝马轿车后，对车上的先生说："老板，我的一个在北京卖玫瑰花的老乡打电话讲，这种名贵玫瑰花都卖到521元一支了，咱们上海的老板可不能掉价哟。"那位老板当即掏出521元买下那支玫瑰花，送给了坐在他身边的小丽人，并解释说，521就是"我爱你"。乐得卖花的小贩转身就笑，心里想，哈哈，你们爱去吧，希望明年的情人节卖花还能遇上您。

玫瑰花本来是美丽的。但是，在玫瑰泛滥的情人节，我愈发觉得玫瑰之俗。发出这种感叹时，我也曾反复问过自己，自己的心是不是真的老了。

我曾在《经历"代沟"》一文中提到过一件趣事，说的是有一次我与几个高中女生聊"追星"的话题。明知道她们都把李湘、阿杜、周杰伦、刀郎等当成自己心中的偶像，却故意说那些明星的怪话。说这些人怎么比得上杨洪基、蒋大为和李谷一？反正越是她们不喜欢的人，我偏说比她们喜欢的那些明星"酷"，气得她们把脸都憋红了也拿我没办法。大半天之后，其中的一个女孩才回了我一句话，她说："叔叔，我们跟您讲不清，您老了。"我说，不会吧，别人都说我年轻潇洒呢！她的第二句话才真气得我要死呢，她说，您人虽然没老，但您的心已经老了。

人老也好，心老也罢，真老也好，假老也罢，我从内心上不接受情人节的玫瑰这确是真的。尽管有时我也曾跟同事们开玩笑，说"别忘了给老婆送玫瑰花啊"。那是我平时对他们要求太严格，让他们欠了家人很多，我有时甚至觉得好像是我欠了他们家人很多一样。开开玩笑，其实是提醒他们，心里要装着家里的人。

我猜测，趁情人节表示新爱旧情的人，无一不是想借助玫瑰这种约定俗成的语言作爱的明示或暗示。我不喜欢这种偷懒的大众语言，总觉得有点酸，有点让人起鸡皮疙瘩。我想，真正燃烧的爱情是不需要玫瑰的瞎掺和的。也许，只有那种苍白的情和爱，才真的需要玫瑰去装扮。有一对夫妇，两人早已同床异梦，然而，情人节前天，那位拘于礼节的先生依然为他名义上的太太订送了一束玫瑰。那束玫瑰的意义是什么呢？充其量也就是中秋节装月饼的精美礼盒吧。礼信而已，意义不在真吃。玫瑰最终就像网络聊天中信手拈来的表情符号那样抽象和平庸。这样一来，鲜活的玫瑰反而假得像娟花了。方式的传统，使纯粹的感情表达趋于落俗，以至觉得玫瑰平白无故的变成应节的点心。

不喜欢是不喜欢，可是，我差点也有落俗的时候。今年情人节那天傍晚，因为工作上的一些事情，我带着一个同事去拜访一个朋友，本想忙清楚就早早地回家陪陪妻子，谁知道，一忙就到了晚上十一点。回家的路上，我想，自己老在外面忙所谓的事业，这几年来，也确实是有些对不起为自己守候爱巢的妻子。对，别让那些女孩子说自己心老了，也年轻一次浪漫一次，装一次纯真，给妻子送一束玫瑰吧。不料，等我兴冲冲地来到花店，一问，店老板竟告诉我说，玫瑰花早卖完了。我只好苦笑一下。心想，是我心不够诚？还是本来就应该初衷不改？不知道。回到家里，跟妻子说了买花这事，妻也只是笑了笑。那笑又是什么意思呢？不相信我真的去买了？还是不相信花真的售卖完了？或者是不相信我大半夜是真忙工作去了？也说不清。追问她为什么笑，她先是不答，问了好久才说，算了吧，要什么玫瑰花哟，多花点时间在家里待一下吧，家里都快成了不收房费的酒店了。是啊，把自己更多的时间留给妻子孩子，恐怕比送什么玫瑰花都能让她们开心快乐，更能感觉到真实的爱。

我不买玫瑰花，特别是在所谓的情人节。

（2005 年 3 月于上梧江瑶族乡）

舜德岩的传说

舜德岩，最初的时候叫"白拱岩"。

它位于有"舜德河"之称的潇水河畔、双牌县上梧江瑶族乡枫木山村境内的一座大山的半山腰上。岩洞口是一块山区少有的平地，足百亩有多。当地人把这块平地叫做"紫地坪"，问起为什么叫这个名字，几乎无人能说清。有后人猜测，大致应是形容"此地平坦"的意思。或许是谐音的缘故吧，"此地平"，"此地平"，时间久了，就被叫成"紫地坪"了。虽然地势非常平坦开阔，但这里古树参天林立，方圆数里之内无有村落，阴气和仙气十足。据说，每年立夏时节前后几天的晚上，百鸟都会来此聚会，谁也说不出个所以然，颇有几分神秘。正因为如此，独自一人即便是大白天经过这，往往都觉得有些害怕，要边走边唱着歌来给自己壮胆。因离岩洞口约四、五米远的地方，横卧着一块长近十米、宽约两米、高一米许的大白玉石，天然地搭成高不过两米、宽亦约两米的半圆拱门式洞口而得名"白拱岩"。

　　据瑶寨的老人"摆谱"时讲，进到白拱岩里，洞内有一厅堂，四周及洞顶怪石百态，厅内原有石桌子两张、石椅子八把。洞的深度谁也不知有多远，但进入洞内约两里半处，岩洞直转朝下，犹如一口深不见底的枯井，两边则又分为左右两洞，同样不知远近。人立此处，冥冥中似乎能听见有河里放排和撑船的竹篙声从远处隐隐传来。洞口，也就是大白玉拱门的下方，有三口梯级水塘，每口塘约有八、九亩宽。水塘下方便是瑶民们世世代代繁衍生活的村庄和良田。

　　有一年夏天，上梧江一带遭受百年不遇的大旱，旱得百姓们无法生活，连找口水喝都很难，田里地里的庄稼如被火烧过一般。传说某一天，舜帝经潇水河逆流而上，正好乘船南巡路过，发现河两岸干旱成灾，便靠船上岸访问灾情。他来到"白拱岩"下面的一个村寨，装扮成讨水喝的路人，敲开了一户人家的院门。热情好客的女主人好心地递上一碗满是泥沙的水，颇有些内疚地说："大哥，对不住啊，我们这儿遭干旱好久，已经没水喝了，要是口渴实在挺不住的话，你就将就着喝点吧"。舜帝见瑶民们果真如此民不聊生，看在眼里，急在心里，便决定想办法拯救这里的百姓。

他带领村里的百姓，来到白拱岩口的紫地坪，叫村里的老者照他的吩咐祭神"请水"。无非是杀猪宰羊、烧香化纸、敲锣打鼓地虔诚祭供，祈求天神地神保佑。这样，前后一直做了两天两夜的"法事"。奇怪，到了第三天凌晨，天刚蒙蒙亮，从白拱岩深不见底的井内涌出一股清清的泉水，经洞口流出来，很快就将岩洞口的三口水塘灌得满满的，供老百姓灌溉良田，消除了旱情。

当天晚上，趁着无人看见，舜帝又悄悄地把脚上穿的水草鞋丢进塘里。水草鞋在塘里漂来漂去，一眨眼功夫，变成了一只只金鲤鱼。他还告诉当地百姓，以后再遇大旱，同样也可照此法"请水"。老百姓好不欢天喜地，感激涕零，特地从外地请来戏班子，搭台唱戏，热热闹闹庆贺了三天。

水有喝了，田能种了，百姓们又开始安居乐业了。可是，也有的人家，由于旱灾和疾病交加，家里还是穷得叮当响。于是，舜帝又给当地一位70多岁的老人送了一个梦。在梦中，他告诉老人家：立好借据，借据上写清借银数量和偿还日期，在傍晚天快黑之前，头上顶着撑架、身披倒蓑衣，在白拱岩岩门口烧上一刀纸钱，然后，将借条用石头压放在岩洞门口的左边，第二天清晨天快亮时，再到岩门口放借据的地方便可领到要借的银子。而且，在领到银子后，要马上离开洞口，千万不要往回看。

那位得梦的老人梦醒后，回忆起梦中的细节，竟然不敢相信。他心想，世上哪能有如此好事，在那无人居住的地方放上一张借据，就可借回急需要的银子？老人几番思考，抱着试试看的心理，真的写了一张"某某今在此求借银子一两，半年后归还"的借条，傍晚时分，头顶撑架、身披倒蓑衣，再在洞口烧上钱纸，将借条用石头压在岩门口的左边。回到家里，他一夜没有合眼，等到第二天早上，到岩门口一看，果然不错，白花花的一两银子已经放在那里。他心里喜滋滋地收起银子，头也不回地回到家里。一天、两天、一个月、两个月……好长时间过去了，哪怕对家里人他都一直不敢说这件事。直到有一天，村里有个与他一样贫穷、而且十分相好的人家，穷得实在是揭不开锅了，他才悄悄地告诉了他这个秘密。

从此，一传十、十传百，如此好消息，很快就传遍了这一带的乡村野里。从那时起，贫民百姓们一有困难时，就向岩边押上借条借回银子，收成之后，又如数还上。这样，还真缓解了不少贫民百姓的困苦和燃眉之急。久而久之，也有些人以为银两无主，不守信用，只借不还。于是，终于有一天，再也没人能在岩洞口借到银子了。

再后来，这里的老百姓才都知道是舜帝在布施仁德、关心百姓疾苦，感激不已。为了让后人永世不忘舜帝的恩德，村中有长者提议，干脆把白拱岩改名叫"舜德岩"，百姓们无不拍手称好。于是，也不知道是从什么时候起，白拱岩就一直被称作"舜德岩"了。

探寻"狮子塘"

　　调至上梧江工作没多久，就听说了一个关于"狮子塘"的传说，而且，颇有点神秘兮兮，不由自主地想要弄它个明白，可总没能成行。终于，在一天下午，工作之余有了些闲暇，约上几个同事，决定探幽寻古去。

　　当地一位老人曾告诉我，传说中的"狮子塘"，就在乡政府机关院子对面河的山顶上。虽说离得不远，但山太高且陡，满是荆棘，根本就没有路，真要爬上去的话，也确实不是一件容易事。说到这里，或许你会心生疑虑：塘者，有水之池也，居山脚者为多，怎会在山顶上去了呢？是的，其实我感到好奇的原因之一也恰好在这。她让我联想起自己游览过的新疆天山和吉林长白山两个"天池"来了，心

想，莫不是这里也有个"天池"？而且，它为什么又被叫作狮子塘呢？还有，我好奇的另一个原因，则还是这个传说故事本身。

相传，若干年前，上梧江村对面河的山里，住着户人家，常到附近的山山岭岭做农活。

某一天，男主人来到山顶上，奇怪地发现一个近十亩水面的池塘。但见波光粼粼，青山倒映；池塘四周鸟语花香，安然静谧；偶见一金鲤击水，煞是好看。他想，在这高耸入云的山巅，何来的一泓碧波、水欢鱼跃呢？这无疑是一块宝地了，或许是七仙女偷偷下到凡间洗澡的地方吧。自家就在附近，果真如此的话，家居宝地，岂不是天助我也。于是，他暗自盘算，无论如何也不能把这秘密告诉他人。第二天，他起了个大早，抱着试试看的心理，带上钓竿和桶子，来到塘边钓起鱼来。不一会儿，还真的钓了一条三斤多重的大鲤鱼。从那以后，每天如此，一家人，小日子过得有滋有味，从早到晚笑得合不拢嘴。但是也怪，无论怎样，每天只能钓上一条鱼来。

一天晚上，他躺在床上，和老婆打起了商量，说，假若每天能钓上 10 条或者更多的鱼，拿到集市上去卖，就再用不着那么辛辛苦苦地砍山种树、挖土种姜了。他老婆马上附和着说，你不晓得去撒鱼网的呀！咦？是的啊。老婆的提醒，让他觉察到自己好蠢：如此简单的办法，其实早应该想到了的呀。倘若一开始就这样，还不早发财了。

　　想着想着，两口子一夜都没睡踏实。天刚亮，他就下山到上梧江集市上买回来一张大鱼网，顾不上休息，又叫上老婆孩子挑起两担水桶去往那塘里捕鱼去。可是，一家人兴冲冲而来，忙活了大半天，一无所获。他感到好不纳闷，平素日子里，大鱼小鱼跳个不停的，怎么今天连个鱼影子都看不到了呢？轻轻松松卖鱼赚钱的梦想，惹得他心里痒痒的。这个梦想他无论如何也不甘心被打破。他想，何不干脆一不做二不休，找个地方开一口子，将水放干，把鱼都捞出来呢？

　　他还真是个说干就干的人。他要老婆孩子回家把锄头镐子畚箕拿来，一家人使着劲挖了起来。据说，他们起早贪黑地挖了四四一十六天，才把塘挖开一个缺口；放水放了三天三夜又三个时辰，又才把塘放干。可是，塘干见底后，还是没有看到一条鱼的影子。当晚，他躺在床上苦思冥想地想了半夜，也没想个明白，只一个劲地嘀咕着一句话：真是活见鬼了，原来钓也钓不完的鱼都到哪里去了呢？想着想着，他进入了梦乡。在梦境里，一个长着花白胡子的老者，拂着手里的拂尘来到他身边，对他说：人是不可太贪心的，不知道满足的人，到头来终将一无所获。

　　一觉醒来，回想起梦中的经历，他好生懊悔。可是，凡事都要等到事后才晓得后悔，又有什么用呢？往后的某一天，到一朋友家喝酒，喝得半醉的时候，他借着酒兴把这件事讲了出来。再往后，大家都知道了这事。从此，十里八乡的人每每说到谁谁贪心不足的时候，都要拿这件事来打比方，讥笑他。笑过之后，还会煞有介事地补上一句所谓的古话，叫做"阎王赐你半筒米，讨遍天下不满升"。据说，他的后人为此被笑得抬不起头来，也不知哪一年，举家搬迁到一个谁也晓不得的地方居住去了。

就是带着对这个传说的好奇，我才想着要去探个究竟的。

我们一行五人，换上适合户外的衣裤、鞋子等行装，各自带上一壶清凉清凉的苦茶，当然还有不能不带的数码相机和砍山刀，先是划船过河，接着就翻山爬岭。开始的时候，大家还兴头十足，一边走一边猜测着"狮子塘"的来历。特别是"狮子塘"里的鲤鱼，有说是当年舜帝南巡路过时，出于为世人造福，而将脚上的草鞋丢在塘里飘来飘去变成的。大家对民间这神话般的说法，认为虽不足信，但又觉得它毕竟寄托了某种情感，也算入情入理吧。如此这般，一段时间过去了，尚未爬多远，就渐渐觉得有些体力不支，喘气不停。尤其是同行的两位美女妹妹，当初爽快地参与进来，也许，她们以为只是如平常到半坡上或者溪沟边采采野果野菜一般而已，没想到还真要爬那么高的山，慢慢地，全然没有出门时的那股劲头子了。但是，又谁也不甘示弱，后悔的话终究不好说出口来。大家就这样憋着劲，强撑着一路往上爬。

好不容易爬到了半山腰上，实在是走不动了的时候，有人提议稍事休息。我虽然担心有人一屁股坐下去，会轻易不想再爬起来，便想鼓动大家一鼓作气上到山顶。但是，回头看看落在后面的两位美女期待的目光，顿生惜香吝玉之心，不得不随了大家的意愿。停下来休息的地方，正是半山腰上少有的一块平地，视野开阔。站在这里往回望去，但见潇水河畔、青山绿水间的上梧江小镇，镶嵌在一片绿海之中；依山而建的房屋，一层又一层，接踵比邻，犹如重庆山城的一个缩影；渐渐富裕起来的乡民们新建的一座座砖瓦楼房，与瑶家古老的木板吊脚楼相伴在一起，亦是一种和谐美丽的风景。

小憩了一会儿，眼看还没有人愿意起身的意思，我便不停地催着大伙该开步走了。几个帅哥靓妹虽有些不情愿，无奈也只好相随。又爬了好半天，眼看着无路可走了，还是没有半点"狮子塘"的影子，心里起了疑：莫不是迷了方向走错路了？正在犹豫间，生怕被荆棘划破漂亮脸蛋的美女们赶紧表明态度，嚷着立马打道回府算了。我让他们在原地再休息一会，独自拿上砍山刀在四周又寻找了大半天，依然毫无结果。虽不心甘，也只好作罢。

返回的路上，见我满脸都是无果而归的遗憾，他们笑着安慰说，就权当是有美女相伴春游了一次吧。唉，也只能如此了。看来，这探寻"狮子塘"的愿望，只有另寻机会邀识路的向导陪同前往了。

真有道是，"有心栽花花不开，无心插柳柳成荫。"在那过后不久的清明节期间，乡民们扫墓祭祖时不慎引发山火。我们一干人不顾一切地爬上山顶去打"野火"，竟来到了传说中的狮子塘所在的地方，终于得以一睹她的真容。发现，这果真是个高山"天池"，四周风景优美，只不过干枯见底，没水更不见鱼。同事们打火忙得既累又饿，喉咙里干得直冒火，心想，若塘里有得一池清水，洗把脸喝口水，该是多么惬意的事呀。我笑着安慰大家说，要怪就怪那想学蛇吞象、贪心不足的挖塘人，引得大伙一阵哄笑。灭火之后下山的路上，大家都在打趣互掐，讥笑谁谁贪心不足，说些诸如"老婆本是贤妻良母却还羡慕姨妹子貌美如花"之类的玩笑话，苦和累瞬间忘得烟消云散。

　　狮子塘，终归我是见到了。她自然不及天山和长白山天池之大美，但关于她的传说所寓含的哲理，却是值得细细玩味的。至于说，它究竟为什么又被叫作狮子塘，我依然没找到答案。

"我们也有风花雪月"

——致敬老艺术家阎肃及其他

　　阎肃，原名阎志扬，著名文学家、剧作家、词作家，是一位我极为崇敬和喜欢的老艺术家。刚获知他辞世的消息，就同时看到了《艺术人生》栏目为他做的一期专访节目。看完后，才知道这期节目，其实是事先就筹拍好的了，只是在这种时间播出，算是对他最好的纪念罢了。

　　阎老的一生，作品太多，多可等身。如歌曲《敢问路在何方》《我爱祖国的蓝天》《红梅赞》《绣红旗》《说唱脸谱》《前门情思大碗茶》《雾里看花》，歌剧《江姐》《党的女儿》《特区回旋曲》，京剧《红岩》《红色娘子军》等等，都耳熟能详、脍炙人口，堪称经典，曾伴随着一代又一代人成长。我，当然也不例外。

　　是的，时代在不断地向前进步，特别是现在，让我们有幸遇见那么多的无限美好：物质上，几近应有尽有；精神上，连识不了几个字的街道老大妈都纷纷有模有样地爱上了广场舞；思维观念上，越来越开放多元，每个人都可以充分地展示自己的个性和才华……随着社会的进步前行，艺术的形式也越来越丰富多彩，与人们生活的联系也日渐紧密。盛世遇繁荣，这当然是符合历史和客观规律的。但是，在这过程当中，有太多的乱象，往往让诸多有社会良知者感觉到伤痛。觉得这繁荣大潮夹裹着的一些现象，如艺术表现手段的浅薄、势利，缺乏思想性和教育引导功能的低媚、不雅，刻意迎合的过度娱乐和过度商业化的急功近利，离奇的夸张和娇柔做作等等；甚至于一名歌手登台唱首歌、一个艺人一场表演、一个模特 T 台走个秀、一位明星出镜代言一次广告，其酬金更比一位科技人员辛苦数年甚至十年发明一项专利获得的奖励还要高，这些都绝对是值得商磋和反思的。这些问题的存在，加之其他多种原因的挟裹助推，在一定程度上误导了不少人，特别是不少的年轻人。反映到部分青少年价值认同上，即是蜂拥而至地片面追星和一味地不切实际地选择从艺，梦想一夜当红成功，像追星崇拜的偶像那样，过上出则豪车、落地前呼后拥、居则别墅洋房、消费一掷千金的"人上人"生活，而不愿脚踏实地走好真正适合自己的人生之路。

　　顺应这种所谓的"潮流"，于是，"造星"的培训机构林立、选秀节目报名参与者排队成龙、报考艺术院校屡考屡败屡考者不乏其人……等等。众多的艺术院校毕业生多不愿选择从教培养基础文艺人才，更勿说下沉到社区普及和组织群艺活动，仍是把当明星走捷径作为首选甚至必选，大有不成明星誓不休之势。岂不知，这条路上不仅并不全是鲜花，还满是荆棘；加之，太多人选择人生道路缺乏理性，所以，能当红者其实凤毛麟角。众多的追求者挤在门外，但又不甘散去。有的人为了出名，长年累月在影视城转悠，宁愿以换一盒盒饭的回报去当一名"群众演员"，以图混个脸熟，翼望有朝一日被导演看上，派个角色；有的人为了争当一部影视剧的"男一号""女一号"，差不多各种办法都用上，有的甚至不惜出卖自己的灵魂和尊严。这才有了文娱圈里所谓的"潜规则"横行。即便是能出名者，由于价值观本身的问题，创作或者表演的作品思想和艺术水准也让人实难苟同，更毋庸说诞生很多的精品力作。这种形态，是不应该被漠视和放任的。虽然艺术也有个与时俱进的问题，我等也确实不能一概地用过去的经典来与现在作品、艺术形式及从艺者齐身等量，但是，艺术，她必须是有高度的。

回过头来，再去看看阎肃等老一辈艺术家他们走过的一生和他们一生创作演绎的作品，历经岁月，历久弥香。特别是读起他在参加纪念延安文艺座谈会时的发言中那段关于"风花雪月"的诠释，你才更有底气地讲，老一辈艺术家不愧就是真正的老艺术家。他说，我们（那代人）也有风花雪月，但那风是"铁马秋风"、花是"战地黄花"、雪是"楼船夜雪"、月是"边关冷月"……

我虽然曾经偏好文学和艺术，但充其量也只是想努力读懂更多能让人明事理、悦心情的好作品，断然不敢对这些老艺术家们及他们的文学艺术作品妄加评论。但联想到不少媒体传播的被过度娱乐化和商业化的所谓的作品与"艺术"形式，常常无语以对，更加由衷地赞叹和致敬阎老等真正的艺术家们和他们奉献的作品。

2016年2月12日，德艺双馨的老艺术家阎肃永远地走了。我以我的诚心写下这几段文字纪念他，表达对他的致敬。更愿他奉献艺术的精神长存。

（写于2016年2月12日深夜）

只因为"她不是你的菜"

——致"江西小伙"们

最近，发生很多事，对国人乃至世人来说，真是不得不让人入眼入耳入心入脑。两个字，很热。如朝鲜射星、台南地震、旺角暴乱……等等。还有一件抢眼的事，是说一上海女孩与一江西小伙谈上了恋爱，跟随恋人到小伙子的江西老家过年。因男友家庭条件与她的期许有较大差距，特别是"咽不下江西小伙家的一顿年夜饭"，扭头返回了上海。

这事虽比不上前述那些事大，但也是很热议的一件网事。也许是一个真实故事，或许是某"大咖"有意为之编写出来的一部拿来炒作的"狗血剧"剧本，一时半会你我都难以确证。但不管怎样，之所以引发热议，我以为，是它切中了时代巨人的某根脉动；是它与当下一些青年群体的思想情感恰好形成了一个"回路"。网上，有很多很多的评论，支持的、反对的、同情的、谩骂的……众说纷纭，仁智各见，观点不一。我以为，这并无谁对谁错之分。女孩的选择是否关乎"门当户对"也不是最最重要的。即便是两个小年轻已结为夫妻，两人中的任何一方依然照样有权对婚姻做出自己的选择。是不是留在小伙子的江西老家过年、是不是继续与恋人处下去、是不是一定要与小伙子结婚，作为旁人的我们，大可不必对女孩的选择过多地施以道德"审判"。假定男女主角互换一下，是一江西女孩咽不下某上海小伙家的年夜饭，扭头返回江西呢？所以，我等更不必将这一事件（姑且我们先称其为事件吧）上升到地域歧视的高度相互口诛笔伐。

花开当应季，自知为谁开。我家也有女儿和儿子到了或接近谈婚论嫁的季节。与他们交流人生体会时，我没有忘记告诉他们，某个人是否是你相伴一生的人，要看他（她）是不是你真心喜欢的人，要看他（她）是否是你值得为他（她）改变那个人，也看他（她）是否是能包容你改变不了的那些缺点陋习的那个人，还看他（她）是否是愿意为你而改变的那个人。反之亦然。否则，正确选择是尽早离开。一对恋人，没有心灵的契合，越迟分手，让所谓的情感陷得越深，相互间受伤越大。按照这个观点，上海姑娘的离开，是江西小伙受伤害最小化之万幸。因为，说到底，"她不是你的菜"。

每一个人在我们生命的历程中出现，其实都是有因缘的。喜欢你的人给了你温暖和自信。你喜欢的人让你学会了爱和自持。你不喜欢的人教会你宽容与尊重。不喜欢你的人，推你自省成长、砥砺前行。

　　每个人都有你自己的一棵菜，你又何必去强求本不属于你的那个伊?! 毕竟，真正完美的神圣的爱情，不是靠施舍获得的，如同要想在比武的擂台上立身，必须秀出你健壮的肌肉。"花若盛开，芬芳自来"；"你若芬芳，蝴蝶自来"。不唯爱情，爱情之外的其他种种，情同此理。

　　今天恰逢浪漫的情人节，在这个弥漫着玫瑰花香的特殊的日子，惟愿每个"江西小伙""上海女孩"都找到真正属于自己的幸福。努力吧，骚年。

（初稿于 2016 年 2 月 14 日情人节）

那盆"四季果"

阳台上那盆"四季果",白色的花瓣,橙黄的蕊,每朵花,整朵也不过花生仁般大小,花苞绽放,遍挂在细细的枝头,爬满于片片墨绿的叶尖。一朵朵闪亮的小花映入眼帘,爽心悦目自不待言,她们分明就是一只只"小精灵"。

这盆花,是一次陪同几个文友到阳明山采风时,我随手从路边移栽回来的。不名贵,来又来得轻而易举,正如一位早入此道的花友所言,四季果一年四季都开花,一年四季都结果,很贱。或许,正是因为这"很贱"二字结的缘吧,我却格外的珍视这盆花。

当初,我曾急切地盼它早开花、早结果。于是,勤勤的浇水施肥,表达了我无限的关爱。可一段时间后,不但没看到枝头有丝毫孕育花苞的迹象,它反而像得了急性黄疸炎似的,青翠欲滴似的叶片渐渐枯黄脱落,整个植株萎蔫,几近死亡。情急之中,我请教花友,得指点:水太多之缘故。我这才想起书中有智人曾劝告:有时不给予,比不该给予时候的给予更重要！哦，花如此，有花朵之喻的孩子的成长又何尝不是此般道理？孩子的成长自有其一定的需要，给予是爱，不给予也是爱；当盲目的给予时，哪曾想到甘泉也会变成冰霜的呢。

有了这次教训，我学会了科学地打理它。终于，不到三个月时间，四季果又由黄转绿，为爱她的人回报了满树珠玑。从花苞到花开，到变成了果；小果变大果，青果又变红果，象颗颗硕大的红玛瑙，点缀在绿叶间，充满了无限的生机和魅力。我特地把花盆端进屋，把它摆到客厅的电视机上。那可是家里最醒目的地方了。谁知，美景不常，没出两三天，不论是没开的苞儿，还是开着的花朵，无论是小青果，还是大红果，都好像听到命令似的，一夜之间又都落了个精光。我又急了，心想，难道这被凡人视作"很贱"的四季果也突然娇贵起来了？不解之际，偶然间又从一本科普杂志上读到，家用电器的辐射对大多数植株的生长有很大的危害。哈哈，原来如此。可再一想，这不正是四季果其"贱"之所在吗？原来，并不是她娇贵，是她不愿与她人争宠，不愿在大雅之堂凭其美艳之姿炫耀哗众呢。好一派真君子之风。

日出日落，月轮星移。当这盆四季果让我滋生出"小精灵"之感慨的时候，我才真正觉得，是它实实在在地给我上了人生最深奥、极富哲理的一课：花是有悟性的——生命是有悟性的——作为生命最高点的人更是有悟性的；人当有所求，但不可苛求；真实地存在，但不刻意地炫耀。四季果几起几落的生命历程的寓意还告诉我，生命的本意即是与磨难相争，若无挫折的洗礼，又怎能雕琢完美的人生？

　　四季果，大自然母亲把你送给我，原来是要借你娇弱却顽强、谦卑却灿烂的生命向我传递人生的真谛。

（于 1999 年 12 月 26 日）

"剁椒鱼"伴我去欧洲

　　平生第一次出国，是 2011 年 8 月下旬，赴欧洲考察妇女儿童社会保障和家庭人口发展计划。从 8 月 16 日出发到 29 日回到国内，13 天的行程，除了中转经停德国法兰克福外，先后到达和访问了芬兰首都赫尔辛基市、瑞典首都斯德哥尔摩和卡尔斯塔德镇、挪威首都奥斯陆、冰岛首都雷克雅未克，还有波兰首都华沙和原首都克拉科夫、匈牙利首都布达佩斯等城市。参观这些城市的经济社会发展状况，零距离感受所到之处风土人情和自然、人文景观，感受深、收获多，应该说是不虚此行，对自己的"三观"产生了较大影响。这都暂且按下不表。

　　尤其值得分享的是，自己搁在行李箱中带去的剁椒河鱼，伴我一路同行的一些趣事。

　　因为是第一次出国去，不知道国外的饮食自己是否习惯得了。除了从电视上和书本中获得的一些信息，向别人打听，都因身边的朋友出国的少而无获。于是，带上了十余瓶双牌特产剁椒河鱼出发了。来到长沙黄花机场与同团的朋友集合并在组织者和随团翻译的指导下整理行李箱时，还为该不该带和该不该带去这么多遭到同行戏谑了一番，大致是"土包子"之类的意思吧。管他的，带都带出来了，且走且看吧。

开始一两天，一行人都还沉浸在异国他乡名目繁多西餐一类饮食的新鲜感中，完全没有什么不适。除了每到一处都有的西红柿炒蛋，其他都是带着血丝的牛排、半熟的烤肉、冷熟食火腿……还有奶油沙拉之类。到了第三、第四天，先是我本人，又还有娟哥、黄哥，颇不习惯的，嚷着要吃剁椒河鱼。到了第五第六天，同团的人包括原来有过出国经历的俩，每餐都转而以吃剁椒鱼为必须了。行程越往后走，带去的剁椒鱼仅仅剩下七瓶了。大家约定，每餐最多吃半瓶，每天尽量控制在打开一瓶的样子。同行的来自浏阳的罗哥开玩笑说，"田哥，你把剁椒鱼分给大家一人一瓶带着吧，一是你要腾出行李箱装你一路买的礼品，一是这东东很宝贵的了，看见它就更加想家了。"引得大家一阵哄笑。

重点的重点是冰岛。记得当地接待我们的翻译，姓李，原籍江西，是一个 1989 年出去就一直没有回过国的与我大致同龄的冰岛籍华人。他一边陪同我们参观，协助我们与当地的交流，一边照顾我们的生活。

恰好江西与我们湖南相邻，自古就有"湖广填四川、江西填湖广"之说，江西人、湖南人经常互称"老表"，语音和饮食习惯等都极为相似相近，所以，我们与李先生之间似乎格外谈得来。闲暇间的交往交谈当中，能深深地感受到李先生对我们所说的国内所有事情的关注和关心。特别是当看见我们每餐必吃的剁椒鱼时，他忍不住也想要尝尝，但又不好说出口。带队的张哥见了后，一个劲地叫他与我们一起分享，反倒弄得李先生有点怪不好意思的。离开冰岛头一天的晚餐，在我们快吃完的时候，李先生从酒店后厨端出一盘清炒大白菜来，说是一路上大家很少吃上热炒青菜，他个人请客送我们一份吃。还说，在冰岛蔬菜很贵很贵的，这一盘要价28欧元（合人民币260元左右）呢，让同行的黄哥发出了"还是同胞一家亲"的感慨。我们则干脆把一路省着吃节省下来的最后一瓶剁椒鱼送给他。结果呢？又换来了他去吧台拿来一瓶酒开了喝。几杯白酒落肚，他说，冰岛是靠近北极圈的盛产深海三文鱼的国家，人口虽然只有30多万，三文鱼产销量却很大，且公认品质很好，被世人热捧。他来冰岛20多年了，但依然觉得还是来自家乡的小河鱼和红辣椒吃起来更有滋味些。他感谢我们送他这瓶剁椒鱼，要拿回家与家人一起品尝。他深情地说了一句令我难以忘怀的话：这小小的瓶子里装来的是妈妈的味道、故土的情结和浓浓的乡愁……

读《教师辞职开粉店》偶感

日前，赋闲在家，读了篇朋友发的关于教师辞职的微信，觉得有点意思。

俗话说，"有人辞官不做，（也）有人连夜赶科"。这句话意思是说，官场中仕途上，有的为官者甚觉厌倦，辞官回家，却有更多的书生为挤入官场赶考及第，趋之若鹜。

现代社会，交通便捷，信息畅通，让人视野更开阔，认知几无不能，所以才发出"世界那么大"的感慨；同时，如果真的萌生了"我想去看看"的想法，时间允许，经济上也承受得起的话，随时可以来一趟周游世界的"说走就走的旅行"，因此，"世界原来也那么小"，地球真的就像一个村。过去连想都不敢想象的事，现在变得一切皆有可能。信息和新交通时代，人的想法和选择空间无边。越来越多的人，甘于舍弃铁饭碗，从个人来讲，需要勇气，从社会层面上看，是我们摊上了一个好的时代。

像网曝的官场辞职潮一样，"教师辞职开粉店"，从一定意义上讲，真的算得上是这个社会的进步。一是民主制度意义上的进步，凡事不再一味地"组织"说了算；二是思想"自由"意义上的进步，思维可以多元化，某种程度上是每个人想干嘛就干嘛；三是就业观念也即生活态度或者说是价值观意义上的进步，"什么赚钱就做什么买卖"，这行亏了做那行，这单亏了那单赚，这怎么不是一种惬意呢。

有道是，"树挪死，人挪活"。现如今，连树木都很容易挪活了，人还不越挪越活么？君不见，桂林米粉、常德津市米粉、云南过桥米线还有异国他邦的意大利粉早就卖火了，我们没有理由不诚心祝福辞职下海的老师们新开的校园米粉店生意火爆、日进斗金。

喜见"'书'郎担"串乡

　　笔者年前回老家乡下过春节，巧遇到读小学时教过自己、现已退休的一位老师也"赶潮""下海"了。他担起一副"'书'郎担"走村串户，一边卖书报，一边帮乡亲们代写春联，深受农民兄弟欢迎，生意还挺好。笔者深为此举叫好。

　　改革大潮给农村带来了勃勃生机。到农村走走，便不难发现，如今的乡亲们收入增多了、房子高大宽敞了、大人孩子衣着新了……众多农民兄弟发愁的已不再是温饱问题，而是那还依然单调贫乏的精神文化生活。特别是眼下搞社会主义市场经济、发展优质高效农业，农民兄弟们最缺的最急需的正是市场信息和科技知识。"'书'郎担"串乡，有的放矢地把农民朋友想要的好书送上门去，既可以解除农民头痛的买书难，丰富他们的精神文化生活，促进他们学科学学文化，又为"下海"者新辟了一条生财之路，看来大有所为。

（原载 1993 年 2 月 15 日《湖南日报》二版）

207 国道改建抒怀

题记：中秋假日，回老家看望至亲，沿途见207 国道改建初成，随兴涂鸦，虽不成诗体，但足以表达喜不自禁的心情。

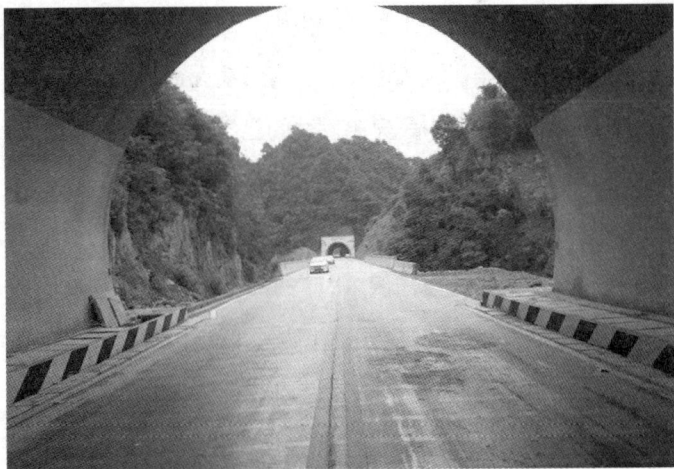

一条路
蜿蜒爬过高耸入云的螺蛳岭
像一根长长的腰帕
从山这边搭过山那边
这头，有我安身养命的家
那头，是难离难舍的故土

二十四载
百余次来回
曾经，我疲惫地往来于山这头、山那头
奔波在我生命攸关的两个女人间
家中，是相濡以沫的妻
故乡，有生我养我的娘亲

某一天
轰鸣的机械开进大山
无数红色的黄色的白色的安全帽
不时晃动在溪涧
悬崖
和峭壁

深邃的沟壑哪儿去了？
月牙般的桥

飞架在一座山和另座山的半腰

山巅的雾霭见不到了

庞然大物般的盾构机

像穿山地龙

灵巧地从大山脚下一钻而过

成全了一个个幽长的隧道

我不禁慨叹

只有通途，何来天堑？

终于

我知道

什么叫世事未料

什么是沧海桑田

（初稿于 2014 年 9 月 7 日夜）

爷爷的上梧江

(水岸瑶乡上梧江/田日日　摄)

我的祖上住在潇水上游

祖父有六弟兄

按辈分，我喊他们都喊爷爷

听奶奶讲

爷爷和他的兄弟，都是

在潇水河里搏浪的船老大和排工

爷辈们的爽朗率直和野性

如潇水湍急般洒脱无羁

爷爷在潇水河长长的水路上

赌命一样讨生活

潇水也成全了爷爷爱的绵绵长

潇水飞流而下

其实叫北上

百五十里入泷河

即是潇水中游的上梧江

上梧江，又称上埠港

缘于爷辈们的船或木排靠岸赶集

采买半条水路的米面豆腐盐巴姜

还有带回家送给奶奶们的花布丝巾

友人说，上梧江的"梧"

是我的木头我的排

是说岸边某家小卖店的瑶妹子

倚门凝望爷爷放流的木排漂近

一个招手

早把爷爷的心勾住

栓排的缆索还没打好结

爷爷已跃身在岸上

大半个多世纪的流淌

潇水才把我带到上梧江

从此

爷爷曾经的上梧江

也成了我的上梧江

五个春秋中闲暇的日子

我总想搜寻一些我的臆想

如镜的湖光山色

再见不到爷爷摇弩挥篙时的激荡

我却仿佛看见他赤裸的古铜色肌肤

和河边青石板上留下的脚印

上梧江

反正不是一条江

她，是爷辈们

泊船泊排的码头

避风避浪的归巢

是让奶奶醋意在心的叉湾

我从没见到过

很早就逝去的爷爷

奶奶也早已作古

再没有谁会告诉我

哪家铺子是爷爷

频频地光顾和不舍

某一次的擦肩

是否有我一脉的血亲

(2014 年 7 月陪天雨弟再游上梧江即兴成稿)

年休假

第一次真正休年假

始于今夏

绝大多数工薪族

或飞机，或高铁

或结伴自驾

纷纷举家而出

来一场说走就走的远行

东西南北

海角天涯

他们看山看水，看歌舞看人文

也看守家老人的"视频"

看手机上的朋友圈

知晓家乡大小事

操着单位工作的心

惧怕人头攒动，还怕累

我窝在家里，守着茶案不想出去

俺看地图、看百度

看几页书

看诗友"脚下无山水，胸中有丘壑"的佳句

还看外出友人朋友圈晒的照片

看他们在说说里抱怨

"几乎花了两年攒下的钱"

"很累，但也情愿"

昨晚，收到孩子转来携程的服务信息

跟着，电话也打了进来

"老爸，我帮你们订好机票了

下周三上午，永州飞上海

行程约六天"

我想了想，说

好吧，就这么定

桐子坳

桐子坳人

世世代代，在大山里住了千百年

却晓不得自己的山窝窝美在哪儿

直到大前年的深秋

好些个背着大包小包的外地人来到村里

白天，围着祖辈种下的银杏树转悠

用他们带来的"望远镜",看树梢上的黄叶叶
晚上,撑起几个小布棚睡在树下
一呆好几天

他们走后
喊来山外面好多好多的人
挤满了银杏树下的空坪子
挤满了乡亲们家的堂屋
买光了乡亲们种的红薯和包谷
还告诉他们说
桐子坳,是世界上
最美最美的山村

阳明杜鹃红茶

撷采山巅雾露浸润的尖芽

摊青、搓揉、发酵、烘焙

翠绿的叶

蜕变成细细的褐丝条

入壶，或碗，或杯

沸水中翻腾

似酣梦初醒的美少妇

轻盈地舒展曼妙身姿

弥漫的清香

有如万寿寺飘荡的禅意

橙黄的，猩红的汤

像阳明杜鹃嫣妍

馥郁透亮的醇甘

浅呡入口，还没下喉

人，已深醉

清　明

千百里奔行

是游子还乡

捎带回去的娃童

却是"做客"老家

在先人野草萋萋的坟冢上培一撮新土

是宗情的传承演绎

久居城廓的妻女

恰是喜出望外的踏青赏春

点香燃烛、一跪三拜虔诚地祭奠

是感恩缅怀

也是邻家兄长

衣锦故里荣光的仪式

细雨纷飞

是惆怅伤感

更是长眠的慈母严父

又一遍叮咛

故乡行吟

喜见村旁架新桥，

舢公歇渡垂钓闲。

爱女惊叹回家快，

轻车不觉归途艰。

一掬清泉甘如昨，

双亲音容无复现。

童伴笑我乡语改，

鬓白哪还及发青？

（2016年国庆假日初稿于故乡道县蚣坝镇糖榨屋铁夹车村）

咏塔山婆婆茶

（茶妹子的悄悄话/田日日　摄）

古树生岩崖，

暖雨催嫩芽。

婆婆济世草，

入壶神仙茶。

注：传说塔山婆婆仙茶乃婆婆仙姑为普度众生，在塔山山顶播撒茶种而来。此野生古树采制的茶不但止渴生津、消困解乏，素为"贡茶"；以叶入方，药用价值也甚高。当年婆婆仙姑曾用它为山民们治瘟疫和疑难杂症，深受敬仰。婆婆殿即为百姓祭祀婆婆仙姑所建。

踏 春 行

春日春风好春华，

千树万枝冒新芽。

柳青梨白暖水绿，

醉是幽处赏桃花。

（暖水图/楚天雨 摄）

在柳子湖读诗

——2018 双牌春天读诗会感怀

正是草长莺飞时，

自来自去燕衔泥。①

柳子湖畔佳媛至，

柏木塘边群贤集。

放翁挥毫写新词，②

河东研墨续九记。③

文朋歌友真情涌，

有庳国里泛诗意。④

注：

①杜甫《江村》诗中有"自来自去堂上燕，相亲相近水中鸥"描写春景的佳句；

②陆游，号放翁，曾写下"画图曾识零陵郡，今日方知画不如，挥毫当得江山助，不到潇湘岂有诗"，盛赞永州；

③柳宗元，山西河东郡（今运城市）人，世人称其河东先生，被贬为永州司马后，寄情山水，写有《永州八记》等传世名篇；

④司马迁《史记·五帝本纪》载，舜的异母弟弟象，受封于有庳（今湖南双牌县江村，原道县辖），《柳河东集》中亦有《道州毁象鼻亭神记》，故，现又常以"有庳故国"代称双牌。

桂花吟·兼和乐虹

才是寒露夜来凉
雨打桂枝铺金黄
花落岂是悲秋曲
陈酿更自馥郁香

乐　居

南来入泷十八滩，

出泷幸遇永水徉；

双牌铺前江鱼肥，

紫金山麓笋衣香。

（憩/曹建军摄）

注：

①清代杨凯运所撰悬于岳麓书院的对联，曰"吾道南来，原是濂溪一脉"；

②潇水在江村至双牌段古称泷河，元结《欸乃曲》有诗"下泷船似入深渊，上泷船似欲升天"形容河之湍急；

③《永州府志》载，泷河有金滩、漫滩、庳滩、垂幔滩、麻滩、流滩、大家滩、泷泊滩等十八险滩（又说二十四滩）；

④永水又名永江，系发源于永山汇入潇水、永州因之而得名的一条河流；

⑤双牌铺即泷泊铺。

附录

《双牌县潇水沿江风光带古诗书法碑刻选用作品及作者简介》后记

　　双牌，地处湖南省西南部，永州市中腹，古称泷泊，远自唐初就设有泷水县，1969 年建制立县。现辖 5 乡 6 镇 2 林场和 1 个国家森林公园管理局，总面积 1751 平方公里，总人口 20.5 万人。辖内有 4A 级旅游景区（阳明山）一处、3A 级旅游景区（茶林桐子坳）一处，洛湛铁路、二广高速、永连公路、207 国道穿境而过。域内，"岭北生态画卷"阳明山、"生态家园"紫金山、"人间瑶池"日月湖国家湿地公园，呈"两山夹一水"之势，山峦层递，绵延峻秀，"永山叠翠"，"潇水拖篮"，构成一幅极品生态画卷。山因古"永国"而得名永山，水因发源于永山而称永水，"永山永水出永州"，双牌自然成了永州的源脉。双牌因柳子作记而添彩、元结赋诗而有声、霞客驻足而惊艳；逆行潇水，朔江而上，舜帝南巡，封弟象于江村（有庳古封城），舜德文化远播，其历史文化渊源久远。所以，双牌虽然是一个年轻的山区小县，但她从来就是一个不缺文化底蕴的地方。

近年来，在县委、县政府的正确领导下，全县人民和广大城市建设者奋发努力，城市建设风生水起。潇水沿江风光带、紫金路、双电路、兴隆街、迎宾路提质改造投入使用，207国道改造和双牌大道、永水风光带建设如火如荼推进，日月湖湿地公园和永和文化公园及河东风光带、潇水二桥正启动实施。市民因城市变得越来越美而感受到幸福感越来越强。在这个过程当中，市民的审美要求也同时向上生长，对城市建设关注度越来越高，参与度也越来越高。人大代表、政协委员更纷纷以考察视察、开座谈会、撰写提案议案等多途径向县委政府建言献策。在城市建设项目实施当中，我们抓质量的同时，注重将城市建设与文化元素彰显相结合，将更多的民族的、地域的、传统的文化元素有机融入到城市建筑和景观节点中去。特别是全长2.3公里的潇水沿江风光带项目，沿河采用具有厚重的历史和文化积淀感的麻石护栏，并在石板上雕刻被评为县花的杜鹃花；遴选古人咏叹双牌和双牌山水景观的古诗词，在人口稠密的地段打造诗词廊道；在城市雕塑中融入了舜帝南巡，封弟象于江村和"和"文化、佛文化等文化元素……城市不应只是简单生硬的钢筋水泥和红砖，已经开始随处可见文化的印迹。

愿城市越来越美，祝愿双牌越来越美。

（于2016年1月）

爷爷的上梧江

田日日 词
刘兴国 曲

1=♯F 4/4

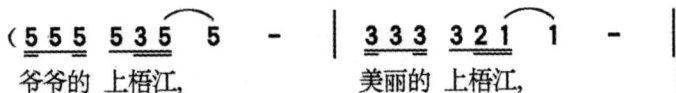

爷爷的 上梧江，　　美丽的 上梧江，

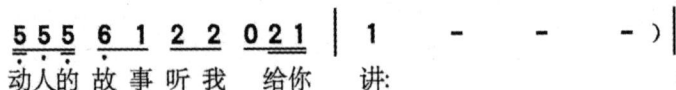

动人的 故事听我 给你 讲：

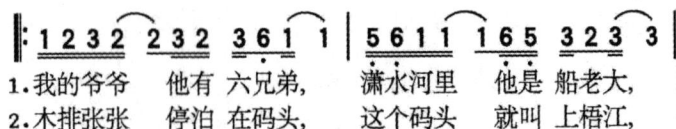

1.我的爷爷 他有 六兄弟，　潇水河里 他是 船老大，
2.木排张张 停泊 在码头，　这个码头 就叫 上梧江，

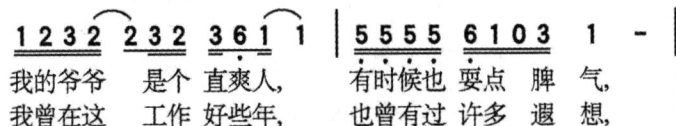

我的爷爷 是个 直爽人，　有时候也 耍点 脾 气，
我曾在这 工作 好些年，　也曾有过 许多 遐 想，

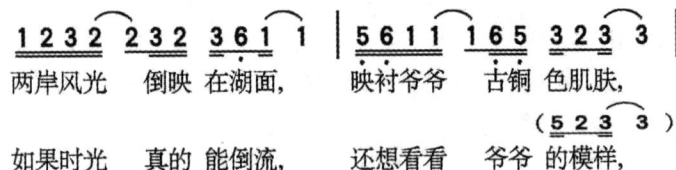

两岸风光 倒映 在湖面，　映衬爷爷 古铜 色肌肤，
如果时光 真的 能倒流，　还想看看 爷爷 的模样，

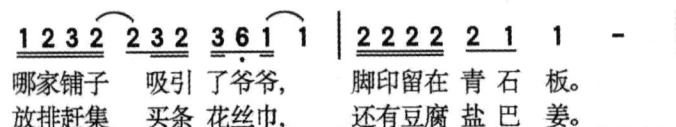

哪家铺子 吸引 了爷爷，　脚印留在 青 石 板。
放排赶集 买条 花丝巾，　还有豆腐 盐 巴 姜。

$(6553\ 3221\ \overbrace{2}11\ 1)\ |\ 355\ 655\ \overbrace{6}165\ 35\ |$

　　　　　　　　　　　　　爷爷在 潇水河 长　长的 水路

$\overbrace{2}321\ 655\ 23\ 3\ |\ 355\ 655\ \overbrace{6}165\ 35\ |$

赌 命 一样地 讨生 活， 潇水河 成全了 那 段　时光

$\overbrace{2}321\ 6\ \dot{5}\ 12\ 2\ |\ 355\ 655\ \overbrace{6}165\ 35\ |$

爷 爷 爱 得 绵绵 长， 河岸上 瑶妹子 火辣辣的 目光

$\overbrace{2}321\ 655\ 32\ 3\ |\ 355\ 655\ \overbrace{6}165\ 35\ |$

勾 住了 爷爷的 小心 脏， 爷爷说 上梧江 就 是　咱家

$\overbrace{2}123\ 655\ 1\ 2\ |\ 1\ -\ -\ -\ \|$ （间奏略）

祖 祖 辈辈的 避 风 港。　　D.S.

$(\overbrace{555}\ 53\overbrace{5}\ 5\ -\ |\ 323\ 32\overbrace{1}\ 1\ -\ |$

爷爷的 上梧江　　　　美丽的 上梧江，

$\overbrace{555}\ 6\ 1\ 2\ \overset{\frown}{2}\ 3\ |\ 1\ -\ -\ -\ )\ \|$

动人的 故事 永 远 流　传。

老师的爱

1=G 4/4

李 川 词
田日曰 曲

稍慢 深情地

5 1.2 3. 23 | 2=1 - - - | 7 2 67 5 - |
我 常常想 起 大 海,
我 常常想 起 高 山,

6 1 2 40 66 | 43 2 - - | 3 5 6 323 2.1 |
大海有宽 广的 胸 怀, 我 常常想 起
高山有雄 伟的 气 概, 我 常常想 起

7 2 675 6 - | 766 22 2 03 | 7665 1 - 35 |
老 师, 老师的胸怀 像大 海, 啊
老 师, 老师有高山 的气 概, 啊

1.7 6 - 56 | 2.3 6 - - | 26 112 6.5 3 |
老 师, 啊 你的爱, 就像 深沉的大 海,
老 师, 啊 你的爱, 充满了 高山的 情 怀,

1. 2 55 3.2 1 - : | 2. 2 5 5 3.2 | 1 - - | 1 - - ‖
深沉的大 海。 高山的情 怀。

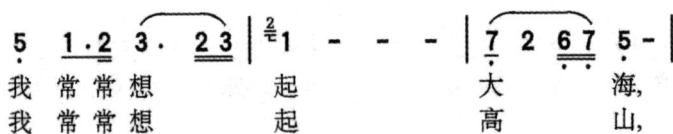

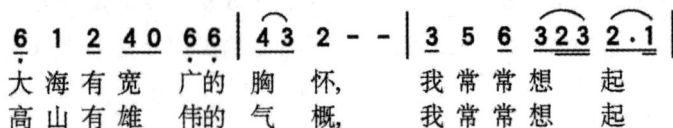

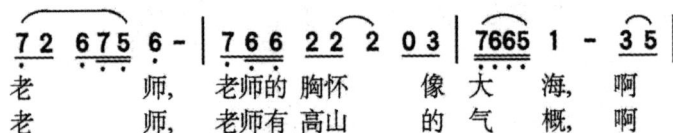

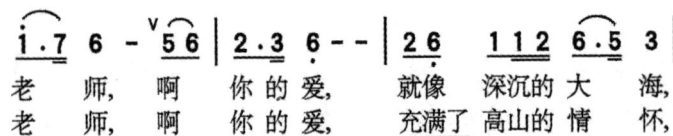

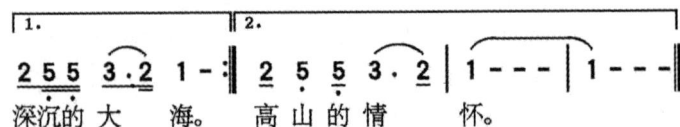

(1990 年 3 月作于道州月岩山麓、濂溪之源)

>> 174

阿姨就是美丽的花

范 江 词
田日曰 曲

1 = ♭E   4/4

稍快 纯真地

```
5  1  3  1 | 5  5 6  5  - | 2  5 5  3  1 |
幼 儿 园 中   一 枝  花,    笑 盈盈 开 在
幼 儿 园 中   一 枝  花,    天 天  开 在

6  1 3  2  - | 3  1 1  2  5 | 3  3 1  5  - |
阳 光 下;     花 旁 边 一 群   小 蝴 蝶,
阳 光 下;     花 旁 边 一 群   小 蝴 蝶,

5 6 0 5 3 0 | 5 3  2  1  - | 5  -  5 · 6 | 5  -  -  - |
飞 来 飞 去   乐 哈 哈,  啊,
伴 着 花 儿   在 长 大,  啊,

3  -  2 · 1 | 6  -  -  - | 5 · 6  5      0  0 |
啊,                        小 蝴 蝶(拍手)X  X
啊,                        小 蝴 蝶(拍手)X  X

3 · 2  2      0  0 | 5 3  2 1 5 3  2 | 1  -  -  - :‖
乐 哈 哈(拍手)X  X   那 是 一 群 小   娃 娃。
乐 哈 哈(拍手)X  X   阿 姨 就 是 美 丽 的 花。
```

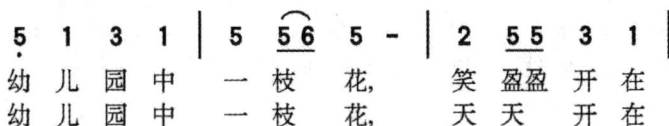

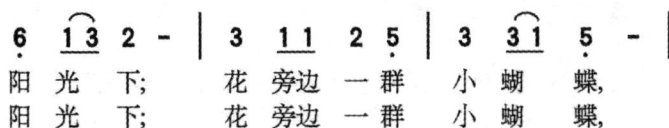

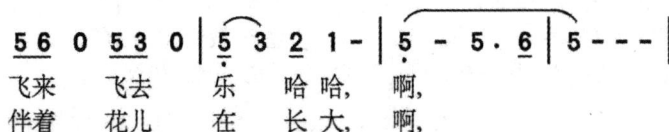

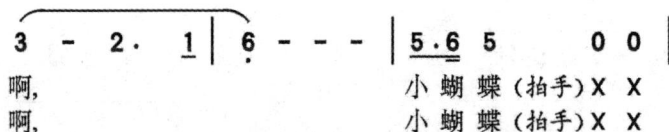

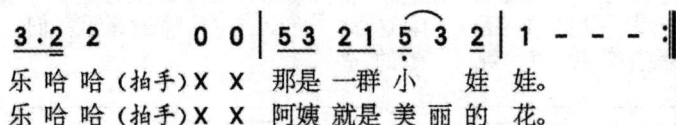

（作于 1993 年 4 月）

童 心

1=F 4/4

任志萍 词
田日曰 曲

中速 天真地

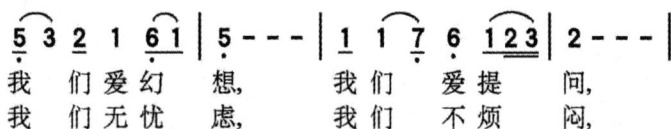

我　们爱幻　想，　　我们　爱提　　问，
我　们无忧　虑，　　我们　不烦　　闷，

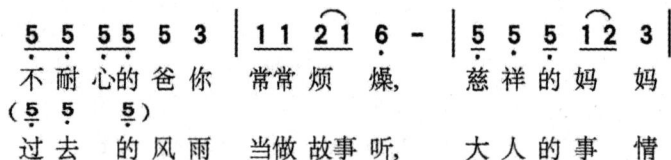

不耐心的爸你　常常烦　燥，　慈祥的妈　妈
过去　的风雨　当做故事听，　大人的事　情

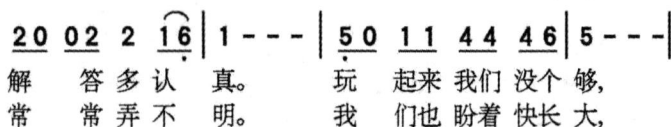

解　答多认　真。　　玩　起来我们　没个　够，
常　常弄不　明。　　我　们也盼着　快长　大，

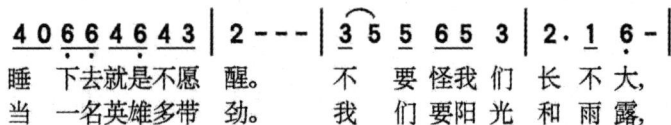

睡　下去就是不愿　醒。　不　要怪我们　长不大，
当　一名英雄多带　劲。　我　们要阳光　和雨露，

结束句.

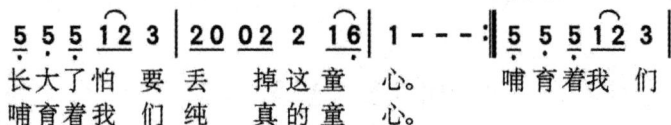

长大了怕要丢　掉这童　心。　哺育着我　们
哺育着我　们纯　真的童　心。

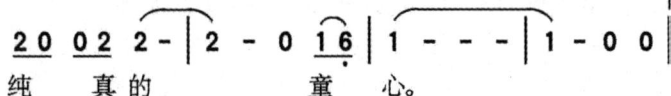

纯　真的　　童　心。

潇水沐浴，永水放歌

我的故乡，在道县蛐坝镇（我上中学时尚属蛐坝区兴桥公社）糖榨屋村一个叫铁夹车的自然村。

听长辈讲，之所以叫糖榨屋，是因为故乡原来盛产用以榨糖的甘蔗，先民们筑拦河坝引水，修建榨房借水力榨糖；据说，极盛之时，全村有榨屋数十间，十里八乡很是有名。叫铁夹车，也是缘于先民们利用拦河坝安装水筒车提水灌溉；其中一水车的引水坝形似一铁夹；村子恰就在水筒车的附近。

故乡之名，与河与水有缘。这河这水，便是潇水。

据《水经注》："潇者，水清深也。"我出生在美丽的潇水河畔，自小游水划船、抓鱼摸虾，嬉水长大，尽管差点溺水而亡。求学的道县二中就在潇水河岸边。求学的道县师范则位于潇水与濂溪河的交汇处；毕业参加工作的第一站道县清塘，恰又处于濂溪的源头月岩之麓。

后来，离开故乡来到双牌，依然没有离开过潇水半里。因为双牌又名泷泊，潇水流经双牌这段叫泷河。唐元结《欸

乃曲》中，有诗句"下泷船似入深渊，上泷船似欲升天"，
描写的就是这段潇水的险峻。古时以水路水运为主时，潇水
特别是泷河里，险滩十八，风大浪急，南来北往的船只和顺
流而下的木排，多在永水河汇入潇水的河湾处避风避浪，或
靠岸赶集，采买物质。人流物流的集聚，才慢慢地在河岸上
生出一座城来。这城，便是双牌。包括后来我去到乡下供职
的上梧江，同样也是潇水顺流而下一条水路河岸边上的一个
小镇而已。

　　有时，坐在河岸边，我心在想，远古的舜帝离船登岸，
踏访百姓，究竟码头上哪几块青石板上留下的是他的脚印？
当年，寇准从一国宰相贬到古道州任司马，朔江而上去赴
任，郁闷之极的他，一石击水，打出了几个涟漪？永贞革新
失败后遭贬到永州的柳河东先生，孤寂之中所见的独自在寒
冷的江心垂钓的老渔翁，他那一叶小舟，当时落锚在哪个
河湾？

　　就是如此这般，潇水，既给了我生命、给了我哺育，也
给了我思考、给了我柔情，还给了我爱情和生命的延续，给
了我安身立命的家。她，其实早已融入我的血液和生命
之中。

　　再来说永水。

　　我曾主编过一本小册子，叫《双牌县潇水沿江风光带古
诗书法碑刻选用作品及作者简介》，也是在这本册子的后记
中，曾写下"山因古'永国'而得名永山，水因发源于永

山而称永水，永山永水出永州"这样一句话。这一说法的来历，可见明《永州府志》所载"城南百余里，山名永山，水即永水，郡以是得名焉"；清《湖南通志》所载"永山在零陵'县西南一百里，永水出焉，州因山得名。'"

相传，古时部落林立，相互操戈，战乱不断。时江西永新出了个张耳，势力范围大了之后，自称王，立国为"永"。可历时不久，"永"又被别国吞并。永王族人携老带幼、几经迁徙，躲避到（零陵）城南（今双牌永江、何家洞、尚仁里、泷泊镇一带）这片世外桃源落居，刀耕火种、打猎捕鱼，繁衍生息，一代又一代，期图复国。渐渐地，永王族人口众多，其中不少还外出做官和经商发了财。为了纪念永王张耳和先辈们在这里创下的业绩，择一依山傍水的风水宝地，建起上下两座砖木结构，青条石垒墙，上覆青瓦飞檐翘角的永王祠。祠楣题有"永王祠"匾，堂上供奉始祖张耳神像，刻竖一块记述"建立永国、被灭逃亡和异地兴业"的碑，统称这片山岭沟壑和淙淙溪流为永山永水。如今，祠庙和碑、匾早已不在，但遗址尚存。永王的后裔张氏在当地也真算是一大姓。特别是永国永王与永山永水的故事，广为流传。

聆听着这一类的故事，弹指一挥间，转眼30来年。

逾半百之人生历程，邻水而居，近水亲水。既知水柔水暖，亦知水急水寒。工作之余，生活拾闲，我常常漫步潇水河岸、永水之滨，或倚窗望洲。悠悠情思，或歌或吟，或忧或叹，落纸留墨，久垒成摞。今重拾出来，结集捧出。我知道，是清清的潇水和潺潺的永水，赐予我灵感，故将文集取名《潇水清清永水流》。

　　由于时代偶遇和家庭境况以及自己不思进取等诸多方面的原因，如今自悔读书太少，功底太浅，虽以"多读好书伴人生，偶写文章悦心情"为生活常态，但断不敢妄称自己是一枚"文人"。所以，所写文词句章，常不合体，难免谬误，自幸"三观"周正，无误于人。既为悦己，亦可飨人。足矣。

　　诚谢文友们的支持和鼓励，才让我挥去羞涩、有勇气呈捧面世。也感谢摄影家曹建军先生奉献照片装帧封面，感谢湖南省文联副主席、省美协主席、湖南师大美院院长、著名画家朱训德教授题写书名，感谢篆刻家、永州篆刻七刀之"敛锋刀"彭庵酩先生治印书名装帧封底，感谢诗人、评论家刘忠华教授不吝拔擢、作序美言，感谢那些从网页遴选而来用作配图、但又不知属谁的精美照片的作者，感谢所有给予过我关心和帮助的同事、朋友，还感谢如歌岁月、静好时光，更感谢我挚爱的亲人。

　　此为后记。

田日曰

2018 年 10 月 9 日傍晚

定稿于茶人悦舍

又记，书稿付梓前，欲奉呈建辉先生先行一阅，想听他说些灼见，得知他碰巧远到南京参加高淳国际慢城亚洲论坛盛会去了，且还唯恐劳累于他，令他难却相求，欲罢不能，便舍了此念。但他仍从南京寄诗一首，以兹鼓励，曰："潇水清清永水流／闲把寸心写春秋／先生文章善若水／万千情思在笔头"（祝贺田日曰兄大作《潇水清清永水流》付梓）。虽说不敢轻应他的励赞，然倍觉欣然，遂和诗以表谢意："蓦然回首半百叟／惯看舒云心悠悠／漫煮香茗走闲笔／潇水清清永水流。"

2018 年 10 月 13 日深夜